چهل نامه به همسرم

نادر ابراهیمی

ابراهیمی، نادر، ۱۳۱۴ -
چهل نامه‌ی کوتاه به همسرم / نادر ابراهیمی . ـ تهران: روزبهان، ۱۳۶۸ .
۱۴۲ ص.
ISBN 964-5529-19-0
فهرستنویسی بر اساس اطلاعات فیپا. (فهرستنویسی پیش از انتشار).
عنوان روی جلد: چهل نامه‌ی کوتاه به همسرم.
چاپ نهم: ۱۳۸۱
۱. ابراهیمی، نادر، ۱۳۱۴ - -- نامه‌ها و یادبودها. ۲. نامه‌های فارسی -- قرن ۱۴ . الف . ب. عنوان چهل نامه‌ی کوتاه به همسرم
۷ ی ۵۸ ب / PIR ۷۹۴۳ ۸ فا ۶/۶۲
۱۳۸۱ چ ۱۳۶ الف
کتابخانهٔ ملی ایران م ۶۸-۲۸۲۰/۷۱

شابک: ۹۶۴-۵۵۲۹-۱۹-۰ ISBN: 964-5529-19-0

چهل نامه‌ی کوتاه به همسرم

ابراهیمی، نادر

چاپ اول: ۱۳۶۸
چاپ نهم: ۱۳۸۱
حروفچینی: شرکت قلم
طراحی صفحات و روی جلد: مرتضی ممیز
چاپ: چاپخانهٔ دیبا
تیراژ: ۵۰۰۰ نسخه

بها: ۶۵۰۰ ریال

تهران، خیابان انقلاب، روبروی دانشگاه تهران، شماره ۱۳۴۲ ـ تلفن ۶۴۰۸۶۶۷ ـ نمابر: ۶۴۹۲۲۵۳

بسم الله الرحمن الرحیم

اشـــاره

آن روزها که تازه تمرین خطّاطی را شروع کرده بودم، حدود سالهای ۶۳-۶۵، به هنگام نوشتن، در تنهایی ــ در فضایی که بوی تلخ مُرکّبِ ایرانی در آن می‌پیچید و صدای سُنّتیِ قلمْ نی، تسکین دهنده‌ی خاطرم می‌شد که گَردِ ملالی چون غُبارِ بسیار نرم بر کُلِّ آن نشسته بود ــ غالباً به یاد همسرم می‌افتادم ــ که او نیز همچون من و شاید نه همچون من امّا به شکلی، گهگاه و بیش از گهگاه، دلگرفتگی، قلبش را خاکستری رنگ می‌کرد ــ و می‌کوشیدم که با جستجو به امیدِ رسیدن به ریشه‌های گیاه بالنده و سرسختِ اندوه، و دانستنِ اینکه این رونده‌ی

بی پروا از چه چیزها تـغذیه می‌کند، و شنـاختنِ شرایط رُشد و دوامش آن را نه آنکه نابود کنم بَل زیر سلطه و در اختیار بگیرم.

پس، یـکـی از خوب‌ترین راه‌های رسیـدن بـه این مقصودِ را دراین دیدم کـه مـتن تـمـریـن‌های خطّـاطی‌ام را تا آنـجـا کـه مقـدور بـاشد اختصاص بـدهم به نامـه‌های کوتـاهی برای همسرم، و در این نامـه‌ها بـپـردازم، تـا حدّ ممکـن، بـه تـک‌تک مسائلی کـه مـحتمل بود ما را، قـلـب‌ هـایـمـان را، آزرده کـنـد؛ و دسـتِ رَد بـر سـیـنـه‌ی زورآوری‌های ناحَقّی بزنم که نـمی‌بایست بر زندگیِ خوب ما تسلّطی مستبدانه بیابد و دائماً بیازاردمان.

رفته رفته عادتم شد که تمرین نستعلیق را از روی سرمشقِ اُستادم بنویسم و شکسته را، بـه میل خودم، خطاب به همسرم، دربابِ خُرده و کلان مسائلی که زندگی‌مان داشت و گـمان می‌کـنـم که هر زنـدگی سالمی، در شرایطی، می‌تواند داشته باشد.

و این شد که تدریـجاً تعداد این نـامه‌ها که نگـاهی هم داشتنـد به جریان‌های عادی زندگی، روبه فزونی نهاد، تا آنجا که فکر کردم این مجموعه، شاید، فقط نامه‌های من به همسرم نباشد، بَل سخنان بسیاری از هـمسران به همسرانشان بـاشـد، وبه همین دلیـل به فکر بازنویسی و چاپ و انتشار آنها افتادم.

در سـال شصت و شش، عمده‌ی تـوانم را برای تنظیـم و ترتیب این نامـه‌ها بـه‌کار گرفتم؛ و ایـنـک ایـن هدیه‌ی راستـیـن ماسـت ــ من و همسـرم ــ به همه‌ی کسانـی که این نامه‌ها می‌تـواند از زبان ایشان نیز بوده باشد ــ لااقل، گـهگاه، اگـر نه همیشه، و مُشکل گشـای ایشان به

همین گونه.

و شاید، در لحظه‌هایی به ضرورت، غم را عقب بنشاند، آنقدر که امکانِ به آسودگی نفس کشیدنْ پدیدآید.

ن.ا.

یادداشت: همسرم می‌گوید: «بنویس که رسم نامه‌نوشتن و از طریق نامه حدیث دل گفتن و به مسائل و مشکلات جاری پرداختن را تو از آغاز جوانی داشتی، تا گمان نرود که تنها بوی تلخ مُرکّب و صدای سُنّتی قلم به نوشتنْ وادارت کرده است» و نوشتم.

نامه‌ی اوّل

ای عزیز!

راست می‌گویم.
من هرگز یک قدم جلوتر از آنجا که هستم را ندیده‌ام.
قلـمم را دیده‌ام چنـان که گویی بـخشی از دسـتِ راسـتِ من
است؛ و کاغذ را.
من هرگز یک قدم جلوتر از آنجا که هستم را ندیده‌ام.
من اینجا ((من)) را دیده‌ام ـــ کـه اسیر زندانِ بزرگِ نوشتـن بوده

۴

است، همیشه‌ی خدا، که زندان را پذیرفته، باور کرده، اصلِ بودن پنداشته، به آن معتاد شده، و به تنها پنجره‌اش که بسیار بالاست دل خوش کرده...
و آن پنجره، تویی ای عزیز!
آن پنجره، آن در، آن میله‌ها، و جمیع صداهایی که از دوردستها می‌آیند تا لحظه‌یی، پروانه‌وش، بر بوته‌ی ذهن من بنشینند، تویی...
این، می‌دانم که مدح مطلوبی نیست
امّا عین حقیقت است که تو مهربان‌ترین زندانبانِ تاریخی.
و آنقدر که تو گرفتار زندانی خویشتنی
این زندانی، اسیر تو نیست ـــ
که ای کاش بود
در خدمت تو، مرید تو، بنده‌ی تو...
و این همه دربند نوشتن نبود.
امّا چه می‌توان کَرد؟
تو تیماردار مردی هستی که هرگز نتوانست از خویشتنْ بیرون بیاید
و این، برای خوبترین و صبورترین زن جهان نیز آسان نیست.
می‌دانم.
اینک این نامه‌ها

شاید باعث شود که در هوای تو قدمی بزنم
در حضور تو زانو بزنم
سر در برابرت فرودآورم
و بگویم: هرچه هستی همانی که می‌بایست باشی، و بیش از آنی، و بسیار بیش از آن. به لیاقت تقسیم نکردند؛ والاّ سهم من، در این میان، با این قلم، و محوِ نوشتن بودن، سهم بسیار ناچیزی بود: شاید بهترین قلم دنیا، امّا نه بهترین همسر...

نامه‌ی دوّم

بانوی بزرگوار من!

عطرآگین باد و بماناد فضای امروز خانه‌مان
و فضای خانه‌مان، همیشه، در چنین روزی که روز عزیزِ
ولادتِ پُربرکت تو برای خانواده‌ی کوچک ماست...

نامه‌ی سوّم

بانو، بانوی بخشنده‌ی بی نیاز من!

این قناعتِ تو، دل مرا عجب می‌شکند...
این چیزَی نخواستنت، و با هر چه که هستْ ساختنت...
این چشم و دست و زبانِ توّقعْ نداشتنت، و به آن سوی پرچین ها نگاه نکردنت...
کاش کاری می‌فرمودی دشوار و ناممکن، که من به‌خاطر تو سهل و ممکنش می‌کردم...

کاش چیزی می‌خواستی مطلقاً نایاب، که من به خاطر تو آن را به دنیای یافته‌ها می‌آوردم...

کاش می‌توانستم همچون خوب‌ترین دلقکان جهان، تو را سخت و طولانی و عمیق بخندانم...

کاش می‌توانستم همچون مهربان‌ترین مادران، ردّ اشک را از گونه‌هایت بزدایم...

کاش نامه‌یی بودم، حتّی یکبار، با خوب‌ترین اخبار...

کاش بالشی بودم، نرم، برای لحظه‌های سنگین خستگی‌هایت...

کاش ای کاش که اشاره‌یی داشتی، امری داشتی، نیازی داشتی، رؤیای دور و درازی داشتی...

آه که این قناعت تو، این قناعت تو دل مرا عجب می‌شکند...

نامه‌ی چهارم

همقَدَمِ همیشگیِ من!

مطمئن باش هرگز پیش نخواهد آمد که دانسته تو را بیازارم یا به
خشم بیاورم.
هرگز پیش نخواهد آمد.
آنچه در چند روز گذشته تو را رنجیده خاطر و دل آزرده کرده
است
مرا، بسیار بیش از تو به افسردگی کشانده است.

و مطمئن باش چنان می‌رَوَم که بدانم ــ به دقت ــ که چه
چیزها این زمان تو را زخم می‌زند
تا از این پس، حتّیٰ نادانسته نیز تو را نیازارم.
ما باید درست شویم.
ما باید تغییر کنیم...

نامه‌ی پنجم

عزیز من!

«شبْ عمیق است؛ امّا روز از آن هم عمیق‌تر است. غمْ عمیق است امّا شادی از آن هم عمیق‌تر است».
دیگر به یاد نمی‌آورم که این سخن را در جوانی در جایی خوانده‌ام، یا در جوانی، خودْ آن را در جایی نوشته‌ام.
امّا به هرحال، این سخنی‌ست که آن را بسیار دوست می‌دارم.
دیروز، نزدیک غروب، باز دیدمت که غمزده بودی و در خود.

من، هرگز، ضرورتِ اندوه را انکار نمی‌کنم؛ چرا که می‌دانم
هیچ چیز مثل اندوه، روح را تصفیه نمی‌کند و الماسِ عاطفه را
صیقل نمی‌دهد؛ امّا میدان دادن به آن را نیز هرگز نمی‌پذیرم؛
چرا که غم، حریص است و بیشترْخواه و مرزناپذیر، طاغی و
سرکش و بَدلگام.

هر قدر که به غمْ میدان بدهی، میدان می‌طلبد، و بازهم بیشتر،
و بیشتر...

هرقدر در برابرش کوتاه بیایی، قد می‌کشد، سُلطه می‌طلبد، وَ له
می‌کند...

غم، عقب نمی‌نشیند مگر آنکه به عقب برانی اش، نمی‌گریزد
مگر آنکه بگریزانی اش، آرام نمی‌گیرد مگر آنکه بیرحمانه
سرکوبش کنی...

غم، هرگز از تهاجمْ خسته نمی‌شود.

و هرگز به صلحِ دوستانه رضا نمی‌دهد.

و چون پیش آمد و تمامیِ روح را گرفت، انسانْ بیهوده می‌شود،
و بی اعتبار، و ناانسان، و ذلیلِ غم، و مصلوبِ بی‌سبب.

من، مثلِ تو، می‌دانم که در جهانی اینگونه دردمند، بی‌دردیِ
آنکس که می‌تواند گلیم خود را از دریای اندوه بیرون بکشد و
سبکبارانه و شادمانه بر ساحل بنشیند، یک بی‌دردیِ دَدمنشانه
است، و بی غیرتی ست، و بی‌آبرویی، و اسباب سرافکندگی

انسان. آنگونه شادبودن، هرگز به معنای خوشبخت بودن نیست، بَل فقط به معنای نداشتنِ قدرتِ تفکّر است و احساس و ادراک؛ و با این همه، گفتم که، برای دگرگون کردن جهانی چنین افسرده و غمزده، و شفا دادنِ جهانی چنین دردمند، طبیب، حق ندارد برسر بالینِ بیمار خویش بگرید، و دقایقِ معدودِ نشاط را از سالهای طولانی حیات بگیرد.

چشم کودکان و بیماران، به نگاه مادران و طبیبان است.

اگر در اعماق آن، حتّی لبخندی محو ببینند، نیروی بالندگی شان چندین برابر می‌شود.

به صدای خنده‌ی خالصِ بچّه‌ها گوش بسپار، و به صدای دردناکِ گریستنشان، تا بدانی که این، سخنی چندان پریشان نیست.

عزیز من

این بیمارِ کودکْ صفتِ خانه‌ی خویش را از یاد مران!

من، محتاجِ آن لحظه‌های دلنشینِ لبخندم ـــ لبخندی در قلب، علیرغمِ همه چیز.

نامه‌ی ششم

همراهِ همدلِ من!

در زندگی، لحظه‌های سختی وجود دارد؛ لحظه‌های بسیار سخت و طاقت‌سوزی، که عبور از درون این لحظه‌ها، بدون ضربه‌زدن به حرمت و قِداستِ زندگی مشترک، به نظر، امری ناممکن می‌رسد.
ما کوشیده‌ییم ــ خدا را شکر ــ که از قلب این لحظه‌ها، بارها و بارها بگذریم، و چیزی را که به معنای حیات ماست و

رؤیای ما، به مخاطره نیندازیم.
ما، به دلیل بافت پیچیده‌ی زندگی مان، هزار بار مجبور شدیم کوچه‌یی تنگ و طولانی و زرورقی را بپیمائیم ـ بی آنکه تنمان دیوار این کوچه را بشکافد یا حتّیٰ لمس کند.
ما، دراین کوچه‌ی چه بسیار آشنا، حتّیٰ بارها، مجبور به دویدن شدیم، و چه خوب و ماهرانه دویدیم ـ انگار کُن که بر پُل صراط...

نامه‌ی هفتم

عزیز من!

مدتّی ست می‌خواهم از تو خواهش کنم بپذیری که بعضِ شبهای مهتابی، علیرغم جمیع مشکلات و مشقّات، قدری پیاده راه برویم ــ دوش به دوشِ هم. شبگردی، بی‌شک، بخش های فرسوده‌ی روح را نوسازی می‌کند و تن را برای تحمّل دشواری ها، پُرتوان.

از این گذشته، به هنگامِ گزمه‌رفتن های شبانه، ما فرصتِ

حرف زدن درباره‌ی بسیاری چیزها را پیدا خواهیم کرد.
نترس بانوی من! هیچکس از ما نخواهد پرسید که با هم چه نسبتی داریم و چرا تنگاتنگِ هم، در خلوت، زیر نور بدر، قدم می‌زنیم. هیچکس نخواهد پرسید؛ و تنها کسانی خواهند گفت: «این کارها برازنده‌ی جوانان است» که روح‌شان پیر شده باشد؛ و چیزی غم‌انگیزتر از پیری روح وجود ندارد. از مرگ هم صدبار بدتر است.
راستی، طلب فروشگاه محله را تمام و کمال دادم. حالا می‌توانی با خاطر آسوده از جلوی فروشگاه رَد شوی. هیچ نگاهی دیگر نگاهِ سرزنش بارِ طلب کاری نخواهد بود. مطمئن باش!
ضمناً همه‌ی چیزهایی را هم که فهرست کرده بودی، تمام و کمال خریدم: برنج، آردنخودچی، آرد سه‌صفر، ماکارونی، فلفل سیاه، زردچوبه، آبغوره، نبات، برگ‌بو، صابون، مایع ظرف‌شویی، و دارچین (که چه عطرِ قدیمیِ یادانگیزی دارد)...
می بینی که چقدر خوب، منِ بی‌حافظه، نام تک‌تک چیزهایی را که خواسته بودی به خاطر سپرده‌ام؟
خُب... دیگر می‌توانی قدری آسوده باشی، وشبی از همین شبها، پیشنهاد یک پیاده‌رَوی کوتاه را به ما بدهی. ما، با

اینکه خیلی کار داریم، پیشنهاد شما را خواهیم پذیرفت.

عزیز من!

ما هرگز آنقدر بدهکار نخواهیم شد که نتوانیم از پسِ بدهی هایمان برآییم، و هرگز آنقدر پیر نخواهیم شد که نتوانیم دوباره متولّد شویم.

ما از زمانه عقب نخواهیم ماند، زمانه را به دنبال خود خواهیم کشید.

فقط کافی‌ست که قدری دیگر هم از نَفَس نیفتیم...

نامه‌ی هشتم

عزیز من!

بی پروا به تو می‌گویم که دوست داشتنی خالصانه، همیشگی، وَ روبه تزایُد، دوست داشتنی ست بسیار دشوار — تا مرزهای ناممکن. امّا من، نسبت به تو، از پسِ این مُهِمِ دشوار به آسانی برآمده‌ام؛ چرا که خوبیِ تو، خوبیِ خالصانه، همیشگی و روبه تزایُدی ست که هر اَمر دشوار را برمن آسان کرده است و جمیع مرزهای ناممکن را فروریخته.

امروز که روز تولّد توست، و حقّ است خانه را به مبارکیِ چنین روزی گلْباران کنم، اگر تنها یک غُنچه‌ی فروبسته‌ی گل سرخ به همراه این نامه کرده‌ام دلیلش این است که گمان می‌کنم، عصر، بچّه‌ها، و شاید برخی از دوستان و خویشان، با گُلهایشان از راه برسند. و این، البته، شرط ادب و مهمان‌نوازی نیست که ما، پیشاپیش، همه‌ی گُلدانها را اشغال کرده باشیم. گلدان، خانه‌ی محبّتِ دوستان ماست.

نامه‌ی نهم

عزیز من!

روزگاری‌ست که حتّیٰ جوان‌های عاشق نیز قدر مهتاب را نمی‌دانند. این ما هستیم که در چنین روزگارِ دشواری باید نگهبانِ اعتبارِ شبهای شفّاف و پرشکوه، کهکشان شیری، و شهاب‌های فروریزنده باشیم...
شاید بگویی: «در زمانه‌یی چنین، چگونه می‌توان به گزمه رفتن در پرتوِ ماهِ پُر اندیشید؟» و شاید نگویی؛ چرا که پاسخ این

پرسش را بارها و بارها از من شنیده‌یی و باز خواهی شنید.

«آنکه هرگز نان به اندوه نخورد
و شب‌را به‌زاری سپری نساخت
شما را ای نیروهای آسمانی
هرگز، هرگز، نخواهد شناخت»

گوته

اگر فرصتی پیش بیاید ــ که البته باید بیاید ــ و بازهم شبی مثل آن شبهای عطرآگینِ رودبارَک که سرشار است از موسیقیِ ابدی و پُر خروشِ سردابْ رود، در جاده‌های خلوتِ خاکی قدم بزنیم، دست دردست هم، دوش به‌دوش هم، بازهم به تو خواهم گفت: گوش کُن! گوش کُن بانوی من! در آن ارتفاع، کسی هست که ما را صدا می‌زند...

و تو می‌گویی: این فقط موسیقیِ نامیرای افلاك است...

ما هرگز کُهنه نخواهیم شد.

نامه‌ی دهم

عزیز من!

دیروز، به دلیلی چه بسا برحق، از من رنجیده بودی. دیشب که درباب ِ فروش ِ چیزی برای دادن اجاره‌ی خانه، با مهرمندی آغاز سخن کردی، ناگهان دلم دریچه‌یی گشوده شد و شادی ِ بی‌حسابی به قلبم ریخت؛ چرا که دیدم، ما، رنجیدگی های حاصل از روزگار را، چون موج های غُرّان ِ بیتاب، چه خوب از سر می‌گذرانیم و باز بالا می‌پریم و بالاتر، و فریاد می‌کشیم:

آلا ای موجِ دیگر! بیا بیتابْ بگذر!

...

راستش، من گاهی فکر می‌کنم این کاری عظیم و بسیار عظیم بوده است که ما، در طول بیست سال زندگی مشترکِ سرشار از دشواری و ناهمواری، هرگز به هیچ صورت و بهانه، آشکار و پنهان، هیچگونه قهری نداشته‌ییم؛ امّا بعد می‌بینم که سالیان سال است این کار، جمیع دشواری‌های خود را از دست داده است و به طبیعتی بسیار ساده تبدیل شده — چنان که امروز، حتّیٰ تصوّر چنین حادثه‌ی مُضحکی نیز، تا حدّ زیادی می‌تواند خجالت‌آور باشد.

من گمان می‌کنم همه‌ی صعوبت و سنگینی مسأله، بستگی به پیمان‌های صمیمانه‌ی روزهای اوّل و نگهداشتِ آن پیمان‌ها در همان یکی دو سالِ نخستینْ داشته باشد.

وقتی حریمی ساختیم، به ضرورت و مُدلّل، و آن را پذیرفتیم، شکستن این حریم، بسیار دشوارتر از پاس داشتن و بر پا نگه داشتنِ آن است. ویران کردنِ یک دیوارِ سنگیِ استوار، مسلماً مشکل‌تر از باقی گذاشتنِ آن است.

دیده‌ام زنان و مردانی را که از «لحظه‌های فَوَرانیِ خشم» سخن می‌گویند و ناتوانی در برابر این لحظه‌ها.

من، چنین چیزی را، در حدِّ شکستن حریم حُرمتِ یک

زندگی، باور نمی‌کنم، و هرگز نخواهم کرد.

خشم، آری؛ امّا آیا تو می‌پذیری که من، به هنگام خشم، ناگهان، به یکی از زبان‌هایی که نمی‌دانم و مطلقاً نشنیده‌ام، سخن بگویم؟

خشمِ آنی نیز در محدوده‌ی مُمکناتْ حرکت می‌کند — و به همین دلیل است که من، همیشه گفته‌ام: ما، قهر را، در زندگی کوچکِ خود، به «ناممکن» تبدیل کرده‌ییم؛ به زبانی که یاد نگرفتیم تا بتوانیم به کار ببریم.

قهر، زبانِ استیصال است.

قهر، پرتابِ کدورت‌هاست به ورطه‌ی سکوتِ موقّت؛ و این کاری‌ست که به کدورت، ضخامتی آزارنده می‌دهد.

قهر، دوقُفله کردنِ دری‌ست که به اجبار، زمانی بعد، باید گشوده شود، و هر چه تعداد قفل‌ها بیشتر باشد و چفت و بست‌ها محکم‌تر، در، ناگزیر، با خشونتِ بیشتر گشوده خواهد شد.

و راستی که چه خاصیّت؟

من و تو، شاید از همان آغاز دانستیم که سخن گفتنِ مداوم — و حتّیٰ دردمندانه — در باب یک مشکل، کاری است به مراتبْ انسانی‌تر از سکوت کردن درباره‌ی آن.

به یادت هست که زمانی، زنی، در مقابل استدلال‌های من و

تو می‌گفت: قهر، برای من، شکستنِ حرمتِ زندگی مشترک نیست؛ بلکهِ، برعکس، بَندزدنِ حُرمتی ست که به وسیله‌ی زبانِ سرشار از بیرحمی و بی حرمتیِ شوهرم شکسته می‌شود یا تَرَک برمی‌دارد.

این حرف، قبول کنیم که در مواردی می‌تواند درست باشد.

زبان، بسیار پیش می‌آید که به یک زندگی خوب، خیانت کند، و بیشمار هم کرده است.

امّا آیا قهر، تاکنون توانسته ریشه های این خیانت را بسوزاند و خاکستر کُند؟ نه... به اعتقاد من، آنکس که همسر خود را مورد تهاجم و بی حرمتی قرار می‌دهد، در لحظه‌های دردناکِ هجوم، انسانی ست ذلیل و ضعیف و زبون. در این حال، آنچه مُجاز نیست سکوت است و گذشتن، و آنچه حقّ است، آرام‌آرام، به‌پای میز گفت‌وگوی عاقلانه و عاطفی کشاندن مهاجِم است، و شرمنده کردن او و نجات دادنش از چنگ بیماری عمیق و کهنه‌ی بدزبانی ــ که مُرده ریگِ محیط کودکی و نوجوانی اوست.

من و تو، می‌دانم که هرگز به آن لحظه‌ی غم‌انگیز نخواهیم رسید، که قهر، به عنوان یک راه‌حل، پا به کوچه‌ی خلوتِ زندگی‌مان بگذارد و با عربده‌ی سکوت، گوش روحمان را بیازارد...

نه... انکار نمی‌توان کرد که این واقعاً سعادتی ست که ما هیچگاه، در طول تمامی سالهای زندگی مشترکمان، نیاز به استفاده از حربه‌ی درماندگان را احساس نکرده‌ییم؛ و یا با پیمانی پایدار، این نیاز کاذب را به نابودی کشانده‌ییم...

نامه‌ی یازدهم

بانوی بالا منزلت ما!

به یاری اراده و ایمانی همچون کوه
خوب‌ترین روزهای زندگی
ـــ فراسوی جملگی صخره‌های صِعب تحمّل سوز
برفراز قلّه هایِ رفیع شادمانی ـــ
در انتظارت باد!

به خاطر چندمین سالگرد تولّدت
از سوی این کوهنورد قدیمی

نامه‌ی دوازدهم

بانوی بزرگوار من!

چرا قضاوت‌های دیگران درباب رفتار، کردار، و گفتار ما، تو را تا این حد مضطرب و افسرده می‌کند؟
چرا دائماً نگرانی که مبادا از ما عملی سربزند که داوری منفیِ دیگران را از پی بیاورد؟
راستی این «دیگران» که گهگاه اینقدر تو را آسیمه‌سر و دلگیر می‌کنند، چه کسانی هستند؟

آیا ایشان را به درستی می‌شناسی و به دادخواهی و سلامتِ روحِ ایشان، ایمان داری؟

تو، عیبْ این است، که از دشنام کسانی می‌ترسی که نانْ از قِبَلِ تهدید و باج‌خواهی و هرزه‌دهانیِ خویش می‌خورند — و سیه روزگارانند، به ناگزیر...

عجیب است که تو دلت می‌خواهد نه فقط روشنفکران و مردم عادی، بل شبه روشنفکران و شبه آدمها نیز ما و زندگی ما را تحسین کنند و برآن هیچ زخم و ضربه‌یی نزنند...

تو دلت می‌خواهد که حتّیٰ مخالفانِ راه و نگاه و اندیشه و آرمان ما نیز ما را خالصانه بستایند و دوست بدارند...

این ممکن نیست، نیست، نیست عزیز من؛ این — ممکن — نیست. در شرایطی که امکان وصول به قضاوتی عادلانه برای همه کس وجود ندارد، این مطلقاً مهم نیست که دیگرانْ ما را چگونه قضاوت می‌کنند؛ بلکه مهم این است که ما، در خلوتی سرشار از صداقت، و در نهایتِ قلب‌مان، خویشتن را چگونه داوری می‌کنیم...

عزیز من!

بیا به‌جای آنکه یک خبر کوتاه در یک روزنامه‌ی امروز هست و فردا نیست، اینگونه برآشفته‌ات کند، بیمناک و برآشفته از آن باش که ما، نزد خویشتنِ خویش، از عملی، حرفی، و

حرکتی، مختصری خجل باشیم. این را که پیش از ما بسیار گفته‌اند، باور کُن:

هرکس که کاری می‌کند، هرقدر هم کوچک، در معرض خشم کسانی ست که کاری نمی‌کنند.

هرکس که چیزی را می‌سازد ــ حتّیٰ لانه‌ی فروریخته‌ی یک جُفت قُمری را ــ منفور همه‌ی کسانی ست که اهل ساختن نیستند.

و هرکس که چیزی را تغییر می‌دهد ــ فقط به قدر جا به جا کردن یک گلدان، که گیاهِ درون آن، ممکن است در سایه بپوسد و بمیرد ــ باید در انتظار سنگبارانِ همه کسانی باشد که عاشق توقّف اند و ایستایی و سکون.

... و بیش از اینها، انسان، حتّی اگر «حضور» داشته باشد، و براین حضور، مصّر باشد، ناگزیر، تیر تنگ نظری های کسانی که عدم حضور خود را احساس می‌کنند، و تربیت، ایشان را اسیرِ رذالتْ ساخته، به او می‌خورد...

از قدیم گفته‌اند، و خوب هم، که: عظیم‌ترین دروازه‌های اَبَرشهرهای جهان را می‌توان بست؛ امّا دهانِ حقیر آن موجودی را که نتوانسته نیروهایش را در راستای تولیدِ مفید یا در خدمت به ملّت، میهن، فرهنگ، جامعه، و آرمان به کار گیرد، حتّی برای لحظه‌یی نمی‌توان بست.

آیا می‌دانی با ساز همگان رقصیدن، و آنگونه پای کوبیدن و گُل افشاندن که همگان را خوش آید و تحسین همگان را برانگیزد، از ما چه چیز خواهد ساخت؟ عمیقاً یک دلقک؛ یک دلقکِ دربارِیِ دردمندِ دل‌آزرده، که بردارِ رفتارِ خویشتن آونگ است ـــ تا آخرین لحظه‌های حیات.

عزیز من!

یادت باشد، اضطراب تو، همه‌ی چیزی‌ست که تنگ‌نظران، آرزومندِ آنند. آنها چیزی جُز این نمی‌خواهند که ظّلِ کینه و نفرت‌شان بر دیوار کوتاه کلبه‌ی روشن ما بیفتد و رنگ همه چیز را مختصری کِدِر کند.

رهایشان کُن عزیز من، به خدا بسپارشان، و به طبیعت...

تو خوب می‌دانی که اضطراب و دلْ ناگرانی ات چگونه لرزشی به زانوان من می‌اندازد، و چگونه مرا از در افتادن با هر آنچه که من و تو، هر دو نادرستش می‌دانیم، باز می‌دارد.

بانوی من!

دَمی به یاد آن دلاورانِ خط‌شکنی باش که در برابر خود، رو در روی خود، فقط چند قدم جلوتر، بدکینه‌ترین دشمنان را دارند.

آیا آنها حقّ است که از قضاوتِ دشمنان خود بترسند؟

بگو: «ما تا زمانی که می‌کوشیم خود را خالصانه و عادلانه قضاوت کنیم، از قضاوت دیگران نخواهیم ترسید و نخواهیم رنجید»...

نامه‌ی سیزدهم

عزیزِ من!

زندگی مشترک را نمی‌توان یک بار به خطر انداخت، و باز انتظار داشت که شکل و محتوایی هم‌چون روزگاران قبل از خطر داشته باشد.

چیزی، قطعاً خراب خواهد شد

چیزی فرو خواهد ریخت

چیزی دیگرگون خواهد شد

چیزی ــ به عظمتِ حُرمت ــ که بازسازی و ترمیم آن بسی دشوارتر از ساختن چیزی تازه است . . .

کاسه‌ی بلور را نمی‌توان یک بار از دست رها کرد، برزمین انداخت، لگد مال کرد، و باز انتظار داشت که همان کاسه‌ی بلورینِ روز اول باشد.

من، ممنونِ آنم که تو، هرگز، در سخت‌ترین شرایط و دشوارترین مسیر، این کاسه‌ی نازکْ تنِ زودشکنِ بلورین را از دستهای خویش جدا نکردی . . .

نامه‌ی چهاردهم

عزیز من!

باور کن که هیچ چیز به قدر صدای خنده‌ی آرام و شادمانه‌ی تو، بر قدرتِ کارکردن و سرسختانه و عادلانه کارکردنِ من نمی‌افزاید، و هیچ چیز همچون افسردگی و در خود فروریختگیِ تو مرا تحلیل نمی‌برد، ضعیف نمی‌کند، و از پا نمی‌اندازد.

البته من بسیار خجلت‌زده خواهم شد اگر تصّور کنی که این «منِ» من است که می‌خواهد به قیمتِ نشاط صنعتی و کاذب

تو، بر قدرتِ کار خود بیفزاید، و مردْسالارانه ــ همچون بسیاری از مردانِ بیمارِ خودپرستی ها ــ حتّی شادی تو را به خاطر خویش بخواهد. نه... هرگز چنین تصوّری نخواهی داشت.
راهی که تا اینجا، در کنار هم، آمده‌ییم، خیلی چیزها را یقیناً بر من و تو معلوم کرده است. امّا این نیز، ناگزیر، معلوم است که برای تو ــ مثل من ــ انگیزه‌یی جدّی‌تر و قوی‌تر از کاری که می‌کنم ــ نوشتن و بازهم نوشتن ــ وجود ندارد، و دعوت از تو در راهِ ردِّ غم، با چنین مُستمسکی، البته دعوتی‌ست موجّه؛ مگر آنکه تو این انگیزه را نپذیری...
پس باز می‌گویم: این بزرگترین و پُردوام‌ترین خواهش من از توست: مگذار غم، سراسرِ سرزمین روحت را به تصرّفِ خویش درآورد و جای کوچکی برای من باقی مگذارد. من به شادیْ محتاجم، و به شادی تو، بی‌شک بیش از شادمانی خودم. حتّیٰ اگر این سخنْ قدری طعم تلخ خودخواهی دارد، این مقدار تلخی را، در چنین زمانه‌یی، برمن ببخش ــ بانوی من، بانوی بخشنده‌ی من!
به خدایم قسم که می‌دانم چه دلائل استواری برای افسرده بودنْ وجود دارد؛ امّا این را نیز به خدایم قسم می‌دانم که زندگی، در روزگار ما، درافتادنی‌ست خیره‌سرانه و لجوجانه با دلائل استواری که غم در رکاب خود دارد.

غمِ بسیار مُدلّل، دشمنِ تا بُنِ دندانْ مُسلّح ماست.

اگر به خاطر تزکیه‌ی روح، قدری غمگین باید بود ــ که البته باید بود ــ ضرورت است که چنین غمی، انتخاب شده باشد نه تحمیل شده.

غصّه، منطق خود را دارد. نه؟ علیه منطقِ غصّه حتّیٰ اگر منطقی‌ترینِ منطق هاست، آستین هایت را بالا بزن!

غم، محصولِ نوع روابطی ست که در جامعه‌ی شهری ما و در جهان ما وجود دارد. نه؟ علیه محصول، علیه طبیعت، و علیه هر چیز که غم را سلطه گرانه و مستبّدانه به پیش می‌راند، بر پا باش!

زمانی که اندوه به عنوان یک مهاجمِ بدقصدِ سختْ جان می‌آید نه یک شاعر تلطیف کننده‌ی روان، حقّ است که چنین مهاجمی را به رگبار خنده ببندی...

عزیز من!

قایق کوچکِ دل به دست دریای پهناور اندوه مسپار! لااقل بادبانی برافراز، پارویی بزن، و برخلاف جهتِ باد، تقّلایی کُن!

سخت‌ترینْ توفان، مهمانِ دریاست نه صاحبخانه‌ی آن.

توفان را بگذران

و بدان که تنْ سپاری تو به افسردگی، به زیان بچه‌های ماست

و به‌زیان همه‌ی بچّه‌های دنیا.
آخر آنها شادیِ صادقانه را باید ببینند تا بشناسند:..

نامه‌ی پانزدهم

بانوی من!

دیروز عصر که دیدم رنجیده و برافروخته درباره‌ی ارزشهای انقلابْ با دوستی سخن می‌گویی؛ امّا رنجیدگی و برافروختگی را به‌بیان خود منتقل نمی‌کنی، شلّاقی و دردآور، زهرآلود و زخمْ زننده سخن نمی‌گویی، و نمی‌کوشی که به دلیل به خشم آمدنت، او را به خشم بیاوری، احساس کردم که چه تفاوت عظیمی میان شیوه‌های ما ــ تو و من ــ در ارسال

پیام‌های شفاهی و طرح مسائل سیاسی و اجتماعی در مُباحثات روزمرّه وجود دارد.

در روزگار ما که بسیاری از مردانِ صاحبْ‌سواد و اکثر زنان به هنگام بحث، گرفتار عدم تعادل می‌شوند، فریاد می‌کشند، دشنام می‌دهند، مَتَل می‌گویند، تهمت می‌زنند، دروغ می‌بافند، شایعه می‌سازند، و جملگیِ ارزشهای اخلاقی و انسانی، و حتّی علل یک گفت و گوی سیاسی و اجتماعی را زیر پاهای هیجان‌زدگی غیرعادلانه‌ی خود لِه می‌کنند، و هدفی برایشان نمی‌ماند جُز مغلوب کردن و خُرد کردنِ بیرحمانه و لحظه‌یِ حریف، چقدر خوب بود اگر زنانی با خُلق و خوی اجتماعیِ آرام، وارد میدان سیاست می‌شدند و به‌خاطر مسائلی که در آرامش و وقارْ مدافع آنها هستند، رسماً و جداً به مبارزه می‌پرداختند. چقدر خوب بود.

در زمانه‌ی ما ـــ و شاید هر زمانه‌یی پس از این ـــ چه زیبا و پُرشکوه است که زنان و دختران ما، معقول و منطقی، نه هیجان‌زده، نا منُصف و شایعه‌سازانه، در متن سیاست باشند: معتقدانه، نه مُقلّدانه؛ واقعی، نه نُمایشی؛ صمیمانه، نه متظاهرانه؛ و به‌خاطر آینده‌ی همه‌ی بچّه‌ها، نه به‌خاطر خودنُمایی و به علّتِ خودخواهی.

باورکُن بانوی من!

ما تا زمانی که یک نهضت سیاسی جدّی و عظیم زنانِ با ایمانْ نداشته باشیم، نهضتی شریف و مؤمنانه ــ محصولِ انتخاب و تفکّر آزاد ــ گمان نمی‌برم که بتوانیم به درستیْ از معتقداتمان دفاع کنیم و به آرزوهایمان برسیم. **گمان نمی‌برم که معتقدات و آرمانهایمان را به درستی و به تمامی، حتّی بشناسیم...**
وقتی تو از مسائل سیاسی حرف می‌زنی، آنقدر متین و صبورانه، دیده‌ام که بددهان‌ترین مخالفان نیز شرمنده می‌شوند. به یادم هست که چندی پیش، سه‌شنبه‌یی بود که تو از این نبرد بزرگ تاریخی و مردان دلاوری که می‌جنگند دفاع می‌کردی ــ آنقدر با وقار و خالصانه ــ که مخاطب تو، ناگهان خلع سلاح شد، و وامانده گفت: من مُنکر شهامت، شجاعت و خلوص این بچّه‌ها که نیستم... من فقط می‌گویم...

بانوی من!
زمانی زیباتر و مناسبتر از این، برای ورود به میدان سیاستْ وجود ندارد. آستین‌هایت را بالا بزن و با همان قدرت بیانی که شاگردان کلاسهایت را به سکوت و احترام می‌کشانی، از جانب بخشی از زنان دردمند جامعه‌ی خود سخن **بگو!**
البته از نظر من، این ابداً مهم نیست که در کدام جبهه حضور داشته باشی؛ مُهِم حضور است و بس. و گمان هم نمی‌برم آنکس که خوب می‌جنگد بتواند در جبهه‌ی بَد، خوب بجنگد.

قاعدتاً باید حقی وجود داشته باشد تا تو بتوانی به خاطر آن، تا پای جان، با قدرت و ایمانْ بجنگی...

بانو!

آیا وصیّتْ‌نامه‌ی آلنی برای مارال را که در کتاب چهارم آمده خوانده‌یی؟ من امّا اگر نتوانستم آلنی اوجای دلاور باشم آرزومند آنم که تو همچون مارال در قلب یک جهاد سیاسی بزرگ، **حضوری مؤثر** داشته باشی. این حضور، در سرنوشت فرزندان ما و فرزندانِ فرزندان ما اثری عمیق و تعیین کننده خواهد داشت...

عصر ما عصری‌ست که عاشق‌ترینِ مردم، عاشقانه‌ترین آوازهایشان را در سنگر سیاست می‌خوانند...

عصر ما عصر زیبایی‌ست که بچّه‌های هنوز راه نیفتاده‌ی زبان بازنکرده، بَردوش و از دوشِ پدرانشان به جهانِ خروشانِ سیاست نگاه می‌کنند، و از همانجاست که ناگزیر باید راه آینده‌شان را ببینند و انتخاب کنند...

در چنین عصری که کودکان و عاشقان، خواه ناخواه، در میدان سیاست‌اند، اگر زنانِ با ایمان و مُتقی دست بالا نکنند، چه بسا که کودکان و عاشقان به تسلیمی سوگ‌انجام سُرانده شوند...

دراین‌باره بیندیش!

نامه‌ی شانزدهم

همگام من در این سفر پُرخاطره‌ی پُرمخاطره!

بارها گفته‌ام، و تو خوب می‌دانی، که ارزش نهایی هر زندگی در حضور لحظه‌های سرشار از احساس خوشبختی در آن زندگی‌ست.

در یکنواختی و سکون، هیچ چیز وجود ندارد چه رسد به خوشبختی

که ناگزیر، از پویشی دائمی سرچشمه می‌گیرد.

ما نبایـد بگذاریـم که هیچ جزئی از زندگی مان در دامِ تکرار، گرفتار شود.

صیّادِ سعادت، چشم براین دام دوخته است...

من باز هـم از تکرارْ با تـو سخن خواهم گفت ــ امّـا به لحنی و صورتی دیگر!

نامه‌ی هفدهم

عزیز من!

گهگاه، در لحظه‌های پریشانْ حالی، می‌اندیشم که چه چیز ممکن است عشق را به کینه، دوست داشتن را به بیزاری، و محبّت را به نفرت تبدیل کند...

راستش، اگر پای شخصیّت‌های داستانهایم در میان باشد، امکاناتی برای چنین تبدیل‌های مصیبت‌باری به ذهنم می‌آید — گرچه هنوز، هیچ یک از آنها را رغبت نکرده‌ام که باور

کنم و به کار بگیرم...

امّا، زمانی که این پرسش، مستقیماً، در باب رابطه‌ی من و تو به میان بیاید، اطمینان خدشه‌ناپذیری دارم به اینکه هرگز چنین واقعه‌ی منهدم‌کننده‌یی پیش نخواهد آمد. هرگز. بارها و بارها اندیشیده‌ام: چه چیز ممکن است محبّت مرا به تو، حتّی، مختصری تقلیل بدهد؟ چه چیز ممکن است؟

نه... به همه‌ی آن مسائلی که شاید به فکر تو هم رسیده باشد، فکر کرده‌ام؛ ولی واقعاً قابل قبول نیست.

اعتماد به نفسی به وسعتِ تمامی آسمان داشته باش؛ چرا که ارادتِ من به تو ارادتی مصرفی نیست. و به وسعتِ تمامی آسمان است.

قول می‌دهم:

در جهان، قدرتی وجود ندارد که بتواند عشق را به کینه تبدیل کند؛ و این نشان می‌دهد که جهان، با همه‌ی عظمتش، در برابر قدرتِ عشق، چقدر حقیر است و ناتوان.

ای عزیز!

من نیز همچون تو در باب انهدام عشق، داستانهای بسیار خوانده‌ام و شنیده‌ام؛ امّا گمان می‌کنم ــ یعنی اعتقاد دارم ــ که علّتِ همه‌ی این ویرانی های تأسف‌بار، صرفاً سست بودنِ اساسِ بِنا بوده است، و بیش از این، حتّیٰ حقیقی نبودنِ بنا...

عزیز من!

امـروز که بیش از همیشه‌ی عـمرم، خاک این وطن دردمندم را عاشقـم، و نمـانـده چیزی که کـارم همه از عـاشـقی به جنون و آوارگی بکشد، بیش از هـمیشه آن جمله‌ی کوتاه که روزگاری درباره‌ی تـو گـفتـم، به دلـم می‌نشیـند و خـالصـانه‌بودنش را احساس می‌کنم: «تو را چون خاک می‌خواهم، همسر من!».

در عشق من به این سرزمین، آیا هرگز امکان تقلیلی هست؟

نامه‌ی هیجدهم

بانوی ارجمند من!

دیروز، شنیدم که در تأیید سخنِ دوستی که از بدِ روزگار می‌نالید، ناخواسته و به همدردی می‌گفتی: «بله... درست است. زندگی، واقعاً، خسته‌کننده، کسالت‌آور، و یکنواخت شده است»...

امّا این درست نیست عزیز من، اصلاً درست نیست.

مستقّل از انسان و آنچه که انسان می‌کند، در جستجوی چیزی

در ذات زندگی نباید بود.
از مزاجِ مکرّرِ «زندگیِ موریانه‌ها و زنبوران عسل» **بگذر!** آنها شاید موجودات بسیار مُهمّی هستند که مسائل بسیار مهمّی را اثبات می‌کنند؛ امّا کمترین نقشی در ساختمان معنوی حیات ندارند.
به جستجوی بیهوده‌ی چیزی نباش، که اگر تو نباشی و دیگران نیز نباشند، آن چیز، همچنان باشد، و خوب و دلخواه و سرشار از نشاطِ نامکرّر باشد.
نه... تنها به اعتبار وجود زنده و پویای توست که چیزی بد است یا چیزی خوب؛ چیزی کهنه است و چیزی نو، چیزی زیباست و چیزی نازیبا؛ و تنها بر اساسِ اراده، عمل، و اندیشه‌ی تو آنچه بد است به خوب تبدیل خواهد شد، آنچه نازیباست به زیبا، و آنچه مکرّر است به نامکرّر...
هرگز گمان مبر که زندگی، بدون انسان، یا بدون موجودی زنده که قدرت تفکّر و انتخاب داشته باشد، باز هم زندگی ست.
عزیز من!
هرگز از زندگی، آنگونه که انگار گلدانی ست بالای تاقچه یا درختی در باغچه، جُدا از تو و نیروی تغییردهنده‌ی تو، گِلِه مکن!
هرگز از زندگی **آنگونه سخن مگو که گویی بدون حضور تو،** بدون

کار تو، بدون نگاه انسانی تو، بدون توانِ درگیری و مقاومت تو، بدون مبارزه‌ی تو، پافشاری تو، سرسختی تو، محبّت تو، ایمان تو، نفرت تو، خشم تو، فریاد تو، و انفجار تو، باز هم زندگی ست و می‌تواند زندگی باشد.

زندگی، مُرده‌ریگ انسان نیست تا پس از انسان یا درغیابش، موجودیتّی عینی و مادّی داشته باشد. زندگی، **کارْمایه‌ی** انسان است، و محصولِ انسان، و دسترنج انسان، و رؤیای انسان، و مجموعه‌ی آرزوها و آرمان‌های انسان ــ **که بدون** انسانْ هیچ است و کم از هیچ.

زندگی، حتّی ممکن است خوابِ طولانی و رنگینِ یک انسان باشد ــ بسیار دور از واقعیتِ بیداری؛ امّا به هرحالْ چیزی است متعلّق به انسان، برخاسته از انسان، و سرچشمه گرفته از قدرت‌های مثبت و منفیِ انسان.

به یادم می‌آید که در جایی خوانده‌ام یا نوشته‌ام: «خدای من، زمینِ بی‌انسان را دوست نمی‌دارد و هرگز نیز دوست نداشته است». ساختنِ زمینْ آنگونه که انسان، روی آن، نفسی به آسودگی و سلامت بکشد، و بتواند جُزء و کلّ آن را عاشقانه امّا نه طمع‌ورزانه بخواهد و نگه دارد، تنها رسالت انسان است؛ و رسالتِ تو و من، اگر از داشتنِ عنوانِ پُرمسئولیت و خطیر «انسان» هراسی به دل‌هایمان نمی‌افتد...

بانوی من!

ما نکاشته‌هایمان را هرگز درو نمی‌کنیم.

پس به آن دوستْ بگو: خستگی کاشته‌یی که خستگی برداشته‌یی. اینک به مدد نیرویی که در توست و چه بخواهی و چه نخواهی زمانی از دست خواهد رفت، چیزی نو و پُر نشاط بساز...

چیزی که اگر تو را به کار نیاید، دست کم، بچّه‌هایت را به کار خواهد آمد...

نامه‌ی نوزدهم

بانوی بزرگوار من!

به راستی که چه درمانده‌اند آنها که چشمِ تنگ‌شان را به
پنجره‌های روشن و آفتابگیر کلبه‌های کوچک دیگران
دوخته‌اند...

و چقدر خوب است، چقدر خوب است که ما ــ تو و من ــ
هرگز خوشبختی را در خانه‌ی همسایه جستجو نکرده‌ییم.

این حقیقتاً اسباب رضایت خاطر و سربلندی ماست که

۵۹

بچّه هایمان هرگز ندیده و نشنیده‌اند که ما از رفاه دیگران،
شادی‌های دیگران، داشتن‌های دیگران، سفره‌های دیگران، و
حتّی سلامت دیگران، به حسرتْ سخن گفته باشیم. و من،
هرگز، حتّی یک نَفَسْ شک نکرده‌ام که تنها بی‌نیازیِ روحِ
بلندپروازِ تو این سرافرازی و آسودگی بزرگ را به خانه‌ی ما
آورده است...
تو با نگاهی پُر شوکت و رفیع ــ همچون آسمانِ سَخی ــ از
ارتفاعی دست نیافتنی، به همه‌ی ما آموختی که می‌توان از
کمترین شادیِ متعلّق به دیگران، بسیار شاد شد ــ بدون توقّعِ
تصرّفِ آن شادی یا سهم خواهی از آن.
من گفته‌ام، و تو در عملْ نشان داده‌یی:
خوشبختی را نمی‌توان وام گرفت.
خوشبختی را نمی‌توان برای لحظه‌یی نیز به عاریت خواست.
خوشبختی را نمی‌توان دزدید
نمی‌توان خرید
نمی‌توان تکّدی کرد...
برسر سفره‌ی خوشبختی دیگران، همچو یک ناخوانده مهمان،
حریصانه و شکم پرورانه نمی‌توان نشست، و لقمه‌یی نمی‌توان
برداشت که گلوگیر نباشد و گرسنگی را مُضاعف نکند.
پرنده‌ی سعادت دیگران را نمی‌توان به دام انداخت، به خانه‌ی

خویش آورد، و در قفسی محبوس کرد ــ به امید باطلی، به خیال خامی.

خوشبختی، گمان می‌کنم، تنها چیزی‌ست در جهان که فقط با دستهای طاهر کسی که به راستی خواهان آن است ساخته می‌شود، و از پیِ اندیشیدنی طاهرانه.

البته ما می‌دانیم که همه‌ی گفت و گوهایمان درباب خوشبختی، صرفاً مربوط به خوشبختی در واحدی بسیار کوچک است نه خوشبختیِ اجتماعی، ملّی، تاریخی و بشری...

برای رسیدن به آنگونه خوشبختی ــ که آرمان نهایی انسان است ــ نیرو، امید، اقدام و اراده‌ی مستقّلِ فردی راه به جایی نمی‌بَرَد و در هیچ نامه‌یی هم، حتّیٰ اگر طوماری بلند باشد، نمی‌توان درباره‌ی آن سخنْ به درستی گفت.

عزیز من!

خوشبختیِ امروز ما، تنها و تنها به درد آن می‌خورد که در راهِ خوشبخت‌سازیِ دیگران به کار گرفته شود. شرط بقای سعادت ما این است، و همین نیز علّتِ سعادتِ ماست.

یک روز از من پرسیدی: «کِی علّت و معلول، کاملاً یکی می‌شود؟» و یادت هست که من، درجا، جوابی نیافتم که بدهم. بسیار خوب! پاسخت را اینک یافته‌ام.

نامه‌ی بیستم

عزیز من!

فردا، یک بار دیگر، سالروز ازدواج ماست، و من که اینجا نشسته‌ام و صبورانه خط می‌نویسم هنوز هیچ پیشکشی کوچکی برای تو تدارک ندیده‌ام؛ امّا این تنها مسأله‌یی ست که هرگز، به راستی هرگز مرا نگران نکرده است، و نیز، نخواهد کرد. نگران، نه؛ امّا غمگین، البته چرا.

این، در عصرِ نفرت انگیزِ شی‌ئی شدنِ محبّت و عشق،

معجزه‌یی ست که ما ــ من و تو ــ خوشبختی مان را، نه تنها بر پایه‌ی پول، بَلْ حتّیٰ در رابطه‌ی با آن نساخته‌ییم؛ که اگر چنین کرده بودیم، چندین و چندبار، تاکنون، می‌بایست شاهد ویران شدنِ شرم‌آورِ این بنا بوده باشیم...

و چقدر تأسف‌انگیز است ویران شدن چیزی که خوبْ بودنش را مؤمنیم.

و کیست در میان ما که نداند این معجزه‌ی حذف پول به عنوانِ حلّالِ مشکلات، تنها به همّتِ والا، گذشتِ بی‌نهایت، بلندنظری و منشِ بزرگوارانه‌ی تو ممکن گشته است؟

نامه‌ی بیست و یکم

عزیز من!

خوشبختی، نامه‌یی نیست که یکروز، نامه‌رسانی، زنگِ درِ خانه‌ات را بزند و آن را به دستهای منتظر تو بسپارد. خوشبختی، ساختن عروسک کوچکی‌ست از یک تکّه خمیرِ نرمِ شکلْ‌پذیر... به همین سادگی، به‌خُدا به همین سادگی؛ امّا یادت باشد که جنس آن خمیر باید از عشق و ایمان باشد نه هیچ چیز دیگر...

خوشبختی را در چنان هاله‌یی از رمز و راز، لوازم و شرایط،
اصول و قوانین پیچیده‌ی ادراک ناپذیر فرونبریم که خود نیز
درمانده در شناختنش شویم...
خوشبختی، همین عطرِ محو و مختصرِ تفاهم است که در سرای
تو پیچیده است...

نامه‌ی بیست ودوم

عزیز من!

گاهی که از رَوَند روزگار، زیرلب، شکایتی می‌کنی، و اظهار تعجّب از اینکه زندگی، با من و تو نیز، گهگاه، سرِ مُدارا نداشته است، اینگونه به نظر می‌رسد که تو هنوز هم، زندگی را چیزی مستقلّ از زندگان می‌بینی، که به راه خود می‌رود و آنچه خودْ می‌خواهد انجام می‌دهد؛ و این، البته خوب می‌دانی که درست نیست. ما بر سر این مسأله، سالهاست که به وحدت

نظر رسیده‌ییم و اراده به تردید نیز نکرده‌ییم:

زندگی، در بسیاری از لحظه‌ها، عاری از هرنوع معنا و مفهومی ست. این، ما هستیم که با مجموعه‌ی عملکردهایمان به زندگی معنا و مفهوم می‌بخشیم. زندگی، به خودی خود، نه بد است نه خوب، نه تلخ است نه شیرین، نه ظالمانه و نه سرشار از عدالت...

انسان، فقط یک موجود زنده نیست؛ بلکه خود، هم زنده است و هم زندگی ست.

می‌دانم... راست می‌گویی... این سخنان را بارها و در هر جا که توانسته‌ام گفته‌ام؛ و نیز گفته‌ام که این حوادث نیستند که انسان را امیدوار یا ناامید می‌کنند؛ این طرز نگاه کردن ما به حوادث است و زاویه‌ی دید ما، که مایه‌ی اصلی یأس و امید را می‌سازد.

انسان هنوز یاد نگرفته آنگونه به حوادثْ نگاه کند که تلخ‌ترین و دردناک‌ترین آنها را هشیارکننده، نیرودهنده، تجربه‌بخش، برانگیزنده و آینده‌ساز ببیند.

استخراج قدرت از درون ضعف، استخراج ایمان از قلب بی‌ایمانی، بیرون کشیدن آرامش از اعماق آشفتگی‌ها، و تراشیدن و سختْ تراشیدنِ سنگِ حجیم و بی‌قواره‌ی سرخوردگی‌ها، آنگونه که از درون آن، پیکره‌ی صیقل و

سنگی و استوارِ دلبستگی به آینده بیرون کشیده شود ـــ این، وظیفه‌ی انسان عصر ماست، و این وظیفه‌ی من و توست به عنوان آدمهایی که ناگزیر، عصر خویش را پذیرفته‌ییم و با آن درگیر شده‌ییم.

بانوی من!

باور کُن که این نگاهی بسیار فلسفی، پیچیده و عمیق به زندگی و ارزشهای آن نیست، این فقط ساده نگاه کردن است؛ ساده و صادقانه و سازنده نگاه کردن.

ما روزگار خویشتنیم، زمان و زمانه‌ی خویشتنیم، و جایگاه خویشتن.

ما نَفْس زندگی هستیم، و ماده‌ی زندگی، و روح زندگی...

آیا زندگی را چگونه می‌خواهی؟

ما را آنگونه بخواه، و ما را آنگونه که می‌خواهی بساز!

از هم امروز

از همین حالا...

نامه‌ی بیست و سوم

عزیز من!

زندگی، بـدون روزهای بَد نمـی‌شود؛ بدون روزهـای اشک و
درد و خشم و غم.
امّا، روزهای بد، همچون بـرگهای پاییزی، باور کن که شتابان
فرومی‌ریزنـد، و در زیـر پاهـای تو، اگر بـخـواهـی، استـخوان
می‌شکنند، و درختْ استوار و مقاوم برجای می‌ماند.
عزیز من!

۷۱

برگهای پاییزی، بی‌شک، در تداوم بخشیدن به مفهومِ درخت و مفهوم بخشیدن به تداوم درخت، سهمی از یاد نرفتنی دارند...

نامه‌ی بیست و چهارم

عزیز من، همیشه عزیز من!

این زمان گرفتاری هایمان خیلی زیاد است، و روز به روز هم —
ظاهراً — زیادتر می‌شود. با این همه، اگر مخالفتی نداشته
باشی، خوب است که جای کوچکی هم برای گریستنْ باز
کنیم؛ اینطور در گرفتاری هایمان غرق نشویم، و از یاد نبریم که
قلب انسان، بدون گریستن، می‌پوسد؛ و انسان، بدون گریه،
سنگ می‌شود.

هیچ پیشنهاد خاصّی برای آنکه برنامه‌ی منظمی جهت گریستن داشته باشیم ــ همانند آنچه که در «یک عاشقانه‌ی بسیار آرام» و عیناً در «مذهب کوچک من» گفته‌ام ــ البته ندارم و نمی‌توانم داشته باشم؛ امّا جداً معتقدم خیلی لازم است که گهگاه، «انتخابِ گریستن» کنیم و همچون عزادارانِ راستین، خود را به گریستنی از تهِ دل واسپاریم.

من از آن می‌ترسم، بسیار می‌ترسم، که باورِ چیزی به نامِ «زندگی، مستقلّ از زندگان»، آهسته آهسته ما را به چنگِ خشونتی پایان‌ناپذیر بیندازد و اسیر این اعتقادمان کند که بیرحمی، در ذات زندگی‌ست؛ بیرحمی هست حتّی اگـر بیرحمْ وجودنداشته باشد.

این نکته بسیار خطرناک است، حتّیٰ خطرناک‌تر از خودکشی.

چقدر خوشحالم که می‌بینم خیلی‌ها که ما کلامشان را دوست می‌داریم، درباره‌ی گریستنْ حرفهایی زده‌اند که به دلْ می‌نشیند.

گمان می‌کنم بالزاک در جایی گفته باشد: گریه کُن دخترم، گریه کن! گریه دوای همه‌ی دردهای توست ...

و آقای آندره ژید در جایی گفته باشد: ناتانائل! گریه هرگز هیچ دردی را درمان نبوده است ...

و نویسنده‌ی گمنامی را می‌شناسم که گفته است: «زمانی برای

گریستن، زمانی برای خندیدن، و زمانی برای حالی میان گریه و خنده داشتن.
عزیز من! هرگز لحظه های گریستن را به خنده وامسپار، که چهره‌یی مضحک و ترّحم انگیز خواهی یافت».
شنیده‌ام که وَن گوگ، بی‌جهت می‌گریسته است. بی‌جهت! چه حرفها می‌زنند واقعاً! انگار که اگر دلیل گریستنِ انسانی را ندانیم، او، یقیناً بی‌دلیلْ گریسته است.
به یادت هست. زمانی، در شهری، مردی را یافتیم که می‌گفت هرگز در تمامیِ عمرش نگریسته است. تفاخُرِ اندوهبار و شاید شرم‌آوری داشت. پزشکی گفت: «نقصی ست طبیعی در مجاری اشک» و یا حرفی از اینگونه؛ و گفت که «در دلْ می‌گرید» که خیلی سخت‌تر از گریستن با چشم است، و گفت که برای او بیم مرگِ زودرس می‌رود.
مردی که گریستن نمی‌دانست، این را می‌دانست که زود خواهد مُرد.
شاید راست باشد. شنیده‌ام مستبدّان و ستمگران بزرگ تاریخ، گریستنْ نمی‌دانسته اند.

بگذریم! این نامه چنان که باید عاشقانه نیست. رسمی و خشک است. انگار که نویسنده‌اش با گریه آشنا نبوده است.

باری این نامه را دنبال خواهم کرد، به‌زبانی سرشار از گریستن...

و اینک، این جمله را در قلب خویش بازبگو:

انسان، بدون گریه، سنگ می‌شود.

نامه‌ی بیست وپنجم

عزیز من!

امروز که روز تولّد توست، و صبح بسیار زود برخاستم تا باز بکوشم که در نهایتِ تازگی و طراوت، نامه‌ی کوچکی را همراه شاخه گُلی بر سر راه تو بگذارم تا بدانی که عشق، کوه نیست تا زمان بتواند ذرّه ذرّه بسایدش و بفرساید، ناگهان احساس کردم که دیگر واژه‌های کافیِ نامکرّر برای بیان احتیاج و مَحبتّم به تو در اختیار ندارم...

صبور باش عزیز من صبور باش تا بتوانم کلمه‌یی نو، جمله‌یی نو، و کتابی نو، فقط برای تو بسازم و بنویسم، تا در برابر تو اینگونه تهی‌دست و خجلت زده نباشم...

بانوی من باید مطمئن باشد که می‌توانم به خاطرش واژه‌هایی بیافرینم، همچنان که دیوانی...

با وجود این، من و تو خوب می‌دانیم که عشق، در قفسِ واژه‌ها و جمله‌ها نمی‌گنجد ـــ مگر آنکه رنجِ اسارت و حقارت را احساس کند.

عشق، برای آنکه در کتابهای عاشقانه جای بگیرد، بسیار کوچک و کم‌بُنیه می‌شود.

عزیز من!

عشق، هنوز از کلام عاشقانه بسی دور است.

نامه‌ی بیست و ششم

عزیز من!

چندی پیش برایت نوشتم که چه خوب است جای کوچکی برای «انتخابِ گریستن» باز کنیم! جایی همیشگی، از امروز تا آخرین روز.
و شنیدم که می‌گفتی — با لبخند — که «در چنین روزگاری اگر کاری باشد که آن را خیلی **خوب و ماهرانه بدانیم**، همان خوبْ گریستن است و بس».

بله، قبول. امّا مقصود من، البته، نه گریستن زیر فشارهای جاری، بَل «اراده به گریستن» بود؛ و میان این دو تفاوتی ست.

من با این سخنِ منظوم موافقم که می‌گوید:

کلامی که نتوانی‌اش گفتْ راست
به غیظِ فروخورده تبدیل کُن!

امّا موافق نیستم که همه چیز را چون نمی‌توانی بگویی، آنقدر به غیظ فروخورده تبدیل کنی که یک روز، با گلودردی خوفناک از پا درآیی — بی‌تأثیری بر زمان و زمانه‌ی خود.

همه‌ی حرفهای نازدنی را به غیظ تبدیل مکن، همچنان که به بُغض. بعضِ حرفهایت را به اشکْ مُبَدّل کُن! روشن است که چه می‌گویم؟ گریستن به جای گریستن، نه. گریستن به جای حرفی که نمی‌توانی به تمامی‌اش بزنی، و در کمال ممکن.

همه‌ی آبها نباید در اعماق زمین جاری شوند، تا یک روز، شاید، متّه‌ی چاهی به آنها برسد، و فَوَرانی و طغیانی... کمی از آبها باید که چشمه کنند و چشمه شوند، و جریانی عینی و ملموس بیابند.

تشنگیِ ما را، همیشه، آبهایی که در اعماقْ جاری‌اند فرو نمی‌نشانند، و همه‌ی رهگذران را، همیشه، چنان بازوی بلند، دَلْوِ کهنه، و چرخِ چاهی نیست که بتوانند به مدد آن، داغیِ

بی پیرِ این کویر را تحمّل پذیر کنند.
اشک، خُدای من، اشک...
بدون احساسِ کمترین خجالت، به پهنای صورتْ گریستن را دوست می‌دارم؛ امّا نه به خاطر این یا آن مسأله‌ی حقیر، نه به خاطر دنائتِ یک دوست، نه به خاطر معشوقِ گریز پای پُرادا، و آنکه ناگهان تنهایمان گذاشت و رفت، و آنکه اینک در خاک خفته است و یادش به خیر، و نه به خاطر خُبثِ طینتِ آنها که گره‌های کورِ روح صغیرشان را تنها با دندان شکنجه دادنِ دیگران می‌خواهند بازکنند...
نه... اشکْ نه برای آنچه که برتک‌تک ما در محدوده‌ی مُحقّر زندگی فردی‌مان می‌گذرد؛ بلکه به خاطر مجموع مشقاتّی که انسان در زیر آفتاب کشیده است و همچنان می‌کشد؛ به خاطر همه‌ی انسانهایی که اشک می‌ریزند و یا دیگر ندارند که بریزند.
گریستن به خاطر دردهایی که نمی‌شناسی‌شان، ودرمان‌های دروغین.
به خاطر رنج‌های عظیم آنکس که هرگز او را ندیده‌یی و نه خواهی دید.
به خاطر بچّه‌های سراسر دنیا ــ که ما چنین جهانی را به ایشان تحویل می‌دهیم و می‌گذریم...

عزیز من!

اینک سخنی از سهراب به خاطرم می‌آید، در باب گریستن،
که شاید **نقطه‌ی** پایانی بر این نامه نیز به حساب آید:

«بی اشک، چشمان تو ناتمام است
و نمناکیِ جنگلْ نارساست»...

نامه‌ی بیست و هفتم

بانو!

همسفرِ همیشه بیدار دلسوزی چون تو داشتن، موهبتی ست که هر راهِ طولانیِ سوزان را به حدّی حسرت انگیز، کوتاه می‌کند ــ و کوبیده و آبادیْ نشان.

امّا عزیز من! لااقل به خاطر سلامتِ این همْ اندیشِ همقدمی که من در تمامیِ سفرهایم، تا لحظه های آخر، به او محتاجم، و به راستی عصای دستِ تفکّر من است، اینطور نگرانِ خوب و

بد هر قدمی که بر می‌دارم نباش و اینطور خودت را با این فکر که نکند پیچیدگی ها و دشواری های این راهِ هزار تو مرا از آنچه ظرفیّتِ شدنش را داشته‌ام بسیار دور کرده باشد، مضطرب مکن.

من که می‌بینی تمام سعی خودم را ، شاگردانه، برای یادگرفتن، اندیشیدن، و فهمیدن به کار می‌برم. طبیعی ست که بیش از آنچه هستم، نمی‌توانم عرضه کنم، و هرگز نیز کم از آنچه بوده‌ام و می‌توانسته‌ام، عرضه نکرده‌ام.

این را می‌دانی و بارها شنیده‌یی که برای یک صعود دشوار — اورست یا دیواره‌ی عَلَم کوه — گروهی بزرگ حرکت می‌کُند، تا گروهی کوچک برسد. گروه بزرگ تمام نیروی خود را به گروه کوچک می‌دهد، خود را وامی‌سپارد و وقف می‌کند تا گروه کوچک، لحظه‌ی رسیدن را احساس کند و این احساس را بالمناصفه تقسیم. در واقع به آسانی ممکن است که ما جای هریک از افراد گروه کوچک را با هریک از افراد گروه بزرگ عوض کنیم بی‌آنکه از بختِ صعود، ذرّه‌یی بکاهیم؛ چرا که این نیروی گروهِ بزرگ است که گروه کوچک را به پیش می‌راند و به احساسِ رسیدن می‌رساند...

حال، عزیز من! تو آن گروه بزرگی، من آن گروه بسیار کوچک.

اصل، اراده‌ی معطوف به قدرت است و تفکّر و اعتقاد. دیگر نباید این همه مضطرب بود و دل ناگران.

گروهِ بزرگِ من، درست نیست که با دلشوره‌ی دائمی‌اش مرا از استوارْرفتنْ باز دارد یا در این مسیر سختْ گرفتار تردیدم کند.

عزیز من!

تو گرچه تکیه گاهِ منی، امّا خود، در تنهایی، ساقه‌ی باریکِ یک گُل مینایی. مگذار حتّی نسیم یک اضطراب، این ساقه‌ی نازک را مختصری خم کند. شکستن تو، در هم شکستنِ من است.

جهان، جهانِ دغدغه‌هاست. لااقل در بابِ منِ پنجاه‌ساله‌ی آب از سرگذرانده، بی‌دغدغه باش!

ما چیزی را که با ایمانْ ساخته‌ییم با سودا خراب نخواهیم کرد.

به خصوص، بانوی من! هرگز نگران این مباش که مبادا در حقّ من کاری می‌توانسته‌یی کرده باشی، و نکرده‌یی. ابدا.

همانقدر که پای توقّع در میان است پای ظرفیّت هم باید در میان باشد.

عزیز من!

بگذار اینطور بگویم تا مسأله، کاملاً و برای همیشه روشن شود:

اگر من چیزی نشده باشم، تو کوچکترین گناهی نداری؛ چرا که همه‌ی زحمتت را برای آنکه چیزی بشوم کشیدی و من نشدم...

و اگر چیزکی شده باشم ـ در خدمت انسانِ دردمند و انسانیّتِ زخم‌خورده ـ هرچه شده‌ام تویی و فقط تو؛ چرا که بازهم همه‌ی زحمت را برای چیزی شدنم، فقط تو کشیده‌یی ...

امروز، خجلت‌زده، تنها چیزی که می‌توانم بگویم این است که مَن در حقّ تو بی‌حسابْ قصور کرده‌ام، و تو در حقّ من، هیچ خوبی نبوده است که نکرده باشی...

نامه‌ی بیست وهشتم

بانوی بسیار بزرگوار من!

عجب سالهایی را می‌گذرانیم، عجب روزها و عجب ثانیه هایی را... و تو در چنین سالها و ثانیه ها، چه غریبْ سرشار از استقامتّی و صبور و سرسخت؛ تو که بارها گفته‌ام چون ساقه‌ی گُل مینا ظریف و شکستنی هستی...
مرا نگاه کُن بانوی من، که تنومندانه در آستانه‌ی از پا در آمدنم، و باز، در پیشگاهِ سال تازه از تو می‌خواهم که به من

قدرت آن را بدهی که با رذالت‌ها کنار نیاییم، و ذرّه ذرّه، رذالت‌های روح کوچک خویشتن را همچون چرکاب یک تکّه کهنه‌ی زمین‌شوی، با قَلیابِ کفّ نفس و تزکیه بشوییم و دور بریزیم...
اینک، عزیز من! ببین که سال تازه را چگونه به تو تبریک می‌گوییم؛ آنسان که سنگی با کوبیدن خویش بر تُنگِ بازْفَتَنی.
امّا چه کنم که بی توفقیرم، و بی تو پا در رکابِ هزارگونه تقصیرم؟
چه کنم؟
شادباد سال نو بر تو، و در سایه‌ات بر همه‌ی ما.

نامه‌ی بیست و نهم

عزیز من!

از اینکه می‌بینی با این همه مسأله برای سخت و جانْ‌گزا اندیشیدن، هنوز و باز، همچون کودکانِ سیر، غشغشه می‌زنم؛ بالا می‌پرم، ماشین‌های کوکی را کف اتاقْ می‌سُرانم، با بادکنکِ بادالویی که در گوشه‌یی افتاده بازی می‌کنم و به دنبالِ حرکت‌های ساده‌لوحانه و ولگردانه‌اش، ولگردانه و ساده‌لوحانه می‌روم تا باز آن را از خویش برانم، و ناگهان به

سرم می‌زند که بالا رفتن از دیوارِ صافِ صاف را تجربه کنم ــ گرچه هزاران بار تجربه کرده‌ام، و با سَرَک کشیدن‌های پیوسته و عیّارانه به آشپزخانه، دَلگی‌های دائمی‌ام را نشان می‌دهم، و نمک را هم قدری نمک می‌زنم تا قدری شورتر شود و خوشمزه‌تر، مرا سرزنش مکن، و مگو که ای پنجاه ساله مرد! پس وقار پنجاه سالگی‌ات کو؟

نه...

همیشه گفته‌ام و باز می‌گویم، عزیز من، کودکی‌ها را به هیچ دلیل و بهانه، رها مکن، که ورشکستِ ابدی خواهی شد...

آه که در کودکی، چه بیخیالی بیمه کننده‌یی هست، و چه نترسیدنی از فردا...

بانوی من!

مگر چه عیب دارد که انسان، حتّی در هشتاد سالگی هم الک دولک بازی کند، و گرگم به هوا، و قایم باشک، و اَکَردوکِر، و تاق یا جفت، و «نان بیار کباب ببر» و «اتل متل»... جداً مگر چه عیب دارد؟ مگر چه خطا هست در اینکه برای چیدن یک دانه تمشک رسیده که در لابلای شاخه‌های به هم تنیده جا خوش کرده است، آن همه تیغ را تحمّل کنیم؟

مگر کجای قانون به هم می‌خورد، اگر من و تو، و جمع بزرگی از یاران و همسایگانمان، در یک روز زرد پاییزی، صدها

بادبادکِ رنگین را به آسمان بفرستیم و کودکانه به رقص های خالی از گناهِ آنها نگاه کنیم؟

بادبادک ها، هرگز ندیده‌ام که ذرّه‌یی از شخصّیت آدمها را به مخاطره بیندازند.

باور کُن!

امّا شاید، طرفدارانِ وقارْ خیال می‌کنند که بادبادک بازی ما، صلح جهانی را به مخاطره خواهد انداخت، و تعادل اقتصاد جهانی را، و عدل و انصاف و مساوات جهانی را... بله؟

بانوی من! این را همه می‌دانند: آنچه بَد است و به راستی بَد است، چرکِ منجمدِ روح است و واسپاریِ عمل به عُقده‌ها، نه هوا کردنِ بادبادک ها...

ای کاش صاحبانِ انبارهای چرکِ مُنجمد و دارندگانِ عقده‌های حقارت روح نیز **مثل همگان بودند.** آنوقت، فکرش را بکن که چه بادبادک‌بازی عظیمی می‌توانستیم در سراسر جهان به راه بیندازیم، و چقدر می‌خندیدیم...

بشنو، بانوی من!

برای آنکه **لحظه هایی** سرشار از خلوص و احساس و عاطفه داشته باشی، باید که چیزهایی را از کودکی با خودت آورده باشی؛ و گهگاه، کاملاً سبکسرانه و بازیگوشانه رفتار کرده باشی.

انسانی که یادهای تلخ و شیرینی را، از کودکی، در قلب و روح خود نگه ندارد و نداند که در برخی لحظه‌ها واقعاً باید کودکانه به زندگی نگاه کند، شَقی و بی‌ترحّم خواهد شد...

حبیب من!

هرگز از کودکی خویش آنقدر فاصله مگیر که صدای فریادهای شادمانه‌اش را نشنوی، یا صدای گریه‌های مملو از گرسنگی و تشنگی‌اش را...

اینک دستهای مهربانت را به من بسپار تا به یاد آنها بیاورم که چگونه باید زلف عروسکها را نوازش کرد...

نامه‌ی سی‌ام

عیبْ گرفتنْ آسان است بانو، عیب گرفتن آسان است.

حتّیٰ آنکس که خود، تمامْ عیب است و نقص و انحراف، او نیزِ می‌تواند بسیاری از عیوب دیگران را بنماید و بر شمارد و چندان هم خلاف نگفته باشد.
عیب گرفتن، بی‌شک آسان است بانو؛ عیب را آنگونه و به آن زبان گرفتن که مُنجر به اصلاحِ صاحبْ عیب شود، این کاری است دشوار و عظیم، خیرخواهانه و دردشناسانه...

ما، این زمان، بیهوده است که در راهِ یافتنِ انسانِ بی‌نقصِ مطلق، زمین را جستجو کنیم.
زندگیِ زراندیشانه‌ی امروز، مجالِ یکسره خوب بودن، کامل عیار بودن، حتّیٰ در ذهن هم انحراف و اندیشه‌ی باطلی نداشتن را از انسان گرفته است.
انقلاب، به سر دویدن است، اصلاح، متین و آرام رفتن؛ و به هر صورت از شتاب که بگذریم، قدمْ پیشِ قدم باید گذاشت.
اینک، می‌توانیم، تنها در راهِ ساختنِ کم‌عیب‌ها قدم برداریم نه خوبانِ مطلقِ معصوم.
و تو، با چه مشقّتی، انصافاً، در طول این سالهای ستمبارِ استخوانْ‌شکن، کوشیده‌یی که از من موجودی کم‌عیب بسازی، یا دست‌کم آگاه بر عیوبِ خویش؛ کاری که من، در حقّ تو، هرگز نتوانستم ـــ گرچه باورم هست که تو در قیاس با من، بسیار کم‌عیبْ پرورش یافته‌یی.
بانو!
من بی‌بزرگترْ بزرگ شدم: خوب امّا معیوب.
تو امّا هیچکس نمی‌تواند به دقّت بگوید که تحت‌تأثیر کدام مجموعه عوامل، اینگونه شدی که هستی: عصبی، تلخ، خوددار، خاموش، زودرنج، در آستانه‌ی افسردگی، و با این همه سرشار از نیروی کار و ایثار؛ سرشار از خواستِ خدمت به

دیگران، و ساختِ انسانِ کوچکی که درکنار تو زندگی می‌کند.
تو صبور نبودی بانو، صبوری بودی.
تو تحمّل نکردی، بل به ذاتِ تحمّلْ تبدیل شدی...
می‌دانم ای عزیز، می‌دانم...
در کلام من انگار که زهری هست، و زخمی، و ضربه‌یی، که راه را بر اصلاحْ می‌بندد.
(به همین دلیل هم من هرگز مصلحِ افراد نبوده‌ام و نخواهم بود.)
امّا در کلام تو، تنها تلخیِ یک یادآوری مُحبّانه‌ی تَاسف‌بار هست.
تو عیبم را سنگ نمی‌کنی تا به خشونت و بیرحمی آن را به سوی این سرِ پُردردْ پرتاب کنی و دردی تازه بر جملگی دردهایم بیفزایی.
تو عیبم را یک لقمه‌ی سوزانِ گلوگیر نمی‌کنی که راه نفسم را ببندد و اشک به چشمانم بیاورد و خوفِ موت را در من بیدار کند.
تو، مهم این است که به قصدِ انداختن و برانداختنْ نمی‌زنی، به قصد ساختن، تجدید خاطره می‌کنی.
من اگر هنوزهم سراپا عیبم، این به هیچ حالْ دالِّ بر آن نیست که تو راهت را به درستی نرفته‌یی، بل به معنای خاراشدنِ

عیوبی ست که من از کودکی و نوجوانی با خود آورده‌ام، و هرگز، در زمان‌هایی که روح، انعطاف پذیریِ بیشتری داشت، آن را به جانب خوب و خوب‌تر شدن، منعطف نکردم...

باید که یک روز صبح، قطعاً و جداً، جدار سخت و سیمانی روحم را بتراشم، بیرحمانه و با یکدندگی، و بار دیگر — و شاید برای نخستین بار — روحی بسازم به نرمیِ پَرِ کاکایی های دریای شمال، به نرمی روح یک کودک گیلک، به نرمیِ مهِ ملایمِ جنگل های مازندران، به نرمی نسیم دشتهای پهناور ترکمن صحرا، و به نرمی نگاه یک عاشق به معشوق...

و آنگاه، فرصت نوسازی خویشتن را به تو که در جستجوی این فرصت، عمری را گذرانیده‌یی، بسپارم.

من باید، باید، باید که یک روز صبح چنین کنم.

حتّیٰ اگر آن روز، روز مرگم باشد.

من نباید بگذارم که تو از اینکه چنین باری را تا اینجا بر دوش های خویش کشیده‌یی احساس بیهودگی کنی.

نباید بگذارم که بی‌سوغاتْ از این سفر بازگردی.

ما باید نخستین قدم ها را به سوی انسان بی‌عیب برداریم

و نه قدم های بلند به سوی برشمردن عیوب همدیگر، به قصد آزردن، افسردن، کوباندن، له کردن، و به گریه انداختن...

و نه به سوی قطع امید از خویش، از انسان...

نه... نه...
ما انسانیم، نه آنکه عقربِ کاشانیم.
ما افعی نیستیم ــ با کیسه هایی از زهرِ نابِ خالص ــ که اگر باشیم هم باید آن کیسه ها را پیش از روزِ بزرگِ ترکِ تنهایی، چون دندان های پوسیده و از ریشه به فساد آلوده و یکپارچه درد، به دور اندازیم.
عزیز من!
ما برای تکمیل هم آمده ییم، نه برای تعذیب و تعزیر هم.
این، عین حقیقت است
و حقیقتی تردید ناپذیر...
به زودی خواهی دید که من چگونه از درون این قطعه سنگِ عظیمِ حجیمِ بد هیبت، مجسمه ی یک آواز مهرمندانه را بیرون می‌کشم...
یک آواز، به نرمیِ پرکاکایی ها، به نرمی نگاه یک کودک گیلک، به نرمی نگاه یک عاشقِ صادقِ محتاج به معشوقِ مهربانِ دست نیافتنی...

نامه‌ی سی و یکم

عزیز من!

از اینکه این روزها، گهگاه، و چه بسا غالباً به خشم می‌آیی، ابداً دلگیر و آزرده نیستم.
من خوب می‌دانم که تو سخت‌ترین روزها و سالهای تمامی زندگی‌ات را می‌گذرانی؛ حال آنکه هیچ یک از روزها و سالهای گذشته نیز چندان دلپذیر و خالی از اضطراب و تحمّل کردنی نبوده است که با یادآوری آنها، این سنگ سنگینِ

غصّه ها را از دلت برداری و نفسی به آسودگی بکشی...
صبوریِ تو... صبوری تو... صبوریِ بیحساب تو در متنِ یک زندگی ناامن و آشفته، که هیچ چیز آن را مُفَرّح نساخته است و نمی‌سازد، به راستی که شگفت انگیزترین حکایت هاست...

نامه‌ی سی ودوم

بانوی من!

واقعه‌ی دیروز، برخلاف پیش‌بینی هردومان، ابداً مرا دلگیر نکرد. به یادم هست آن روز را که دیدم سکّه‌هایت را می‌فروشی تا چرخ‌های زندگی را، بازهم، تا سرچهارراهِ بعدی بچرخانی؛ آن روز گفتم: «باشد! در این نیز عیبی نیست. سکّه فروختن، خیلی خوبتر از باورفروختن است؛ چرا که سکّه را، باز، به هر قیمت، می‌توان خرید یا از آن چشم پوشید؛ امّا

بی‌اعتقاد، انسانْ انسان نیست، و اعتقاد فروخته شده اگر رایگان هم به سوی ما بازگردد، تردامن و آلوده باز خواهد گشت؛ امّا از این گذشته، خواهشی از تو دارم که فراسوی بحثِ اشیاء و اعتقادات است، و آن این است که هرگز، تحت هیچ شرایطی، این تصوّر را به ذهنت دعوت نکنی که روزی، آن دستبند طلا را ــ که خاطره‌ی بیست سال زندگی مشترک ما را با خود دارد ــ به بازار ببری، که سخت افسرده و دلمرده خواهم شد»...

دیروز که دیدم صدای دلنشین صاحبخانه ــ که مهرمندانه تهدیدمان می‌کرد ــ تا آن حد بر اعصاب تو تأثیر گذاشت و آنگونه برافروخته و دگرگونت کرد، دانستم که بد نیست خیلی زود لزوم این مسأله را احساس کنیم که خاطره‌هایمان را از درون کوچکترین ذرّه‌های طلا بیرون بکشیم و در تجرد و طهارت کامل، از تک تک آنها نگهداری کنیم.

زنان، با گوهر، رابطه‌یی تاریخی دارند. من این رابطه را باور دارم و ابداً مخالف این نیستم که تو زینتْ‌افزارهای کوچکِ اصلْ داشته باشی؛ امّا اینکه خاطرات مشترکمان را به این زینتْ‌افزارها متصل کنیم، امری‌ست دیگر، که دیگر هیچگونه اعتقادی به آن ندارم.

طلا، خاطراتِ شیرین زندگی مشترک را رنگ می‌کند و

همچون شیئی بَدَلی به ما تحویل می‌دهد.
محبّت را در گلدان طلای جواهرنشان کاشتن و امید رویش و باروری داشتن، اشتباهی ست که به آسانی جبران‌پذیر نیست.
اگر آن خاطراتِ عزیزِ مشترک را از طلا جدا کنیم، عیار خاطره صد خواهد شد، عیار طلا، صفر.
نه عزیز من... نه...
واقعه‌ی فروش آن دستبند، دیروز عصر، بعد از شنیدن صدای گرم و دلنشین صاحب‌خانه، ابداً مرا دلگیر نکرد. شاید این آخرین باری باشد که به آن دستبند می‌اندیشم، و شاید بتوانیم از فروش «دستبند طلای تو» نیز خاطره‌یی بسازیم و بارها و بارها از، ته قلب به آن بخندیم.
اگر عشق و خاطرات عاشقانه‌ی ما، که تنها مایملکِ شخصی ماست، به یک النگوی طلا آویخته باشد، مطمئن باش که آن عشق و خاطرات را چندان اعتباری نیست...
بانوی من!
«گالان اوجای یموتی» هنوز یادت هست؟ او، روزی، به «بویان میش» گفت: «من آن النگوی طلا را که برای سولماز خریده بودی دور انداختم؛ چرا که سنگین بود و به دست همسرم، افتادگی می‌آموخت»...
من، باز هم یک روز سرِکار خواهم رفت. قطعْ بدان! و یکروز،

برخلاف «گالان» برای‌تو النگویی بسیار سنگین خواهم خرید تا برای یک لحظه هم که شده، به دستهای تو افتادگی بیاموزد. به یک بار تجربه می‌ارزد. از این گذشته، تو، باز هم می‌توانی آن النگوی سنگین را برای صاحبخانه‌ی بعدی، در گوشه‌یی پنهان کنی...

فکر می‌کنم به قدر شش ماه کرایه خانه بیارزد، و چیزی هم برای لباسهای زمستانی بچّه‌ها باقی بماند...

فکرش را بکن!

دستکشِ کُرکِ گرم برای برف‌بازی، و کُلّی پول که صاحبخانه، هرگز نخواهد دانست که با آن، چه می‌تواند بکند — حتّیٰ بعد از مرگ.

نامه‌ی سی وسوم

عزیز من!

بیا کمی پیاده راه برویم!

دیگر من و تو، حتّیٰ اگر دست در دست هم، و سخت
عاشقانه، تمام شهر را هم بپیماییم کسی از ما قباله نخواهد
خواست و کسی پا به حریم حرمت مهرمندی هایمان نخواهد
گذاشت. این را بارها به تو گفته‌ام و باز هم خواهم گفت. از
چه می‌ترسی عزیز من؟ بیا کمی پیاده راه برویم! بیا کمی

پیاده راه برویم!

این فرصتی‌ست برای به یادآوردن جمیع لحظه‌های گذشته با طعم و عطر و مزه‌های بسیار متنوع: لحظه‌ی شفّافِ اوج محبّت در یک غنچه‌ی فروبسته‌ی میخک، لحظه‌ی کوتاه شک و حسد، لحظه‌ی تلخ و پُر از گریه‌ی مرگ یک خویشِ خوب، لحظه‌ی خریدن یک کلاه برای بچّه‌یی در راه، لحظه‌ی تقدیم یک سکّه‌ی طلا به تو و دلتنگیِ عمیق تو از من، لحظه‌ی آخرین نگاه تو بر در و دیوار خانه‌یی که از آنجا رانده شده‌ییم، لحظه‌ی فریاد شادمانه‌ی من که پله‌ها را جهان می‌آیم تا به تو بگویم که در پنجاه و دو سالگی کاری تازه یافته‌ام، لحظه‌ی خستگیِ بی‌حساب تو از رفتن به مدرسه و بازگشتن از مدرسه‌یی بسیار بسیار دور از خانه، گُم شده در لابلای دودهای نفس گیر جنوبی، لحظه‌ی ادراک متقابل و هم جهتِ تو و من، هنگامی که کودکی می‌گرید، روزنامه‌فروشِ تشنه‌یی فریاد می‌کشد، پیرمردِ مستأصلی، ناگزیر از وسط خیابانی می‌دود... لحظه‌ی شکستن گلدان سفالی که هر دو دوستش می‌داریم، لحظه‌ی نُمره نیاوردن یکی از شاگردانت که نزد تو عزیز و محترم است... و «لحظه‌ی رنگینِ زنانِ چایچین»...

عزیز من!

بیا کمی پیاده راه برویم!

این، برای جوانها که خیلی چیزها را فراموش کرده‌اند و خیلی چیزها را در آستانه‌ی فراموشی قرار داده‌اند، شاید عبرتی باشد...

شاید ذره‌یی از یک تجدیدنظرِ جدّی و وفادارانه باشد در متن پُرغُبار و تیره‌ی زندگی باطل شهری...

شاید تلنگری باشد به ظرفی که سرشار است و محتاج سرُریز کردن...

شاید موجی باشد خاص، در حوضی مثل همه‌ی حوض‌های باآبِ راکدِ سبزِ ساکت، تا آن حوض را، دست کم به یاد دریا بیندازد، و یا حسرت چیزی را در دلش زنده کند که نمی‌داند چیست ــ شاید ماهی، یا که تصویر درختی در آن، یا قایقی کوچک...

شاید، جمله‌های اوّلِ قصّه‌یی نو باشد...

عزیز من!

بیا کمی پیاده راه برویم!

نامه‌ی سی و چهارم

همسفر!

در این راه طولانی ــ که ما بی‌خبریم و چون باد می‌گذرد ــ بگذار خُرده اختلاف‌هایمان با هم، باقی بماند. خواهش می‌کنم!

مخواه که یکی شویم؛ مطلقاً یکی.

مخواه که هر چه تو دوست داری، من همان را، به همان شدّتْ دوست داشته باشم و هر چه من دوست دارم، به همان گونه،

مورد دوست داشتن تو نیز باشد.
مخواه که هر دو یک آواز را بپسندیم، یک ساز را، یک کتاب را، یک طعم را، یک رنگ را، و یک شیوه نگاه کردن را.
مخواه که انتخاب‌مان یکی باشد، سلیقه‌مان یکی، و رؤیامان یکی.
همسفر بودن و هم‌هدف بودن، ابداً به معنای شبیه‌بودن و شبیه‌شدن نیست. و شبیه‌شدن، دالّ بر کمال نیست، بَل دلیل توقّف است.
شاید «اختلاف»، کلمه‌ی خوبی نباشد و مرا نگوید. شاید «تفاوت»، بهتر از «اختلاف» باشد. نمی‌دانم؛ اما به هرحالْ تکْ‌واژه مشکل ما را حل نمی‌کند.
پس بگذار اینطور بگویم:
عزیز من!
زندگی را تفاوتِ نظرهای ما می‌سازد و پیش می‌برد نه شباهت‌هایمان، نه از میان رفتن و محو شدن یکی در دیگری؛ نه تسلیم بودن، مطیع بودن، اَمر بُردن و دربَستْ پذیرفتن.
من زمانی گفته‌ام: «عشق، انحلالِ کاملِ فردیّت است در جمع». حال نمی‌خواهم این مفهوم را انکار کنم؛ امّا اینجا سخن از عشق نیست، سخن از زندگی مشترک است، که خمیرمایه‌ی آن می‌تواند عشق باشد یا دوست داشتن یا مهر و

عطوفت یا ترکیبی از اینها، و در هر حال، حتّیٰ دو نفر که سخت و بی‌حسابْ عاشق هم‌اند، و عشقْ آنها را به وحدتی عاطفی رسانده است، واجب نیست که هر دو، صدای کبک، درخت نارون، حجاب برفی، قلّه‌ی علم کوه، رنگ سرخ، بشقاب سفالی را دوست داشته باشند ــ به یک اندازه هم. اگر چنین حالتی پیش بیاید ــ که البته نمی‌آید ــ باید گفت که یا عاشقْ زائد است یا معشوق. یکی کافی‌ست. عشق، از خودخواهی ها و خودپرستی ها گذشتن است؛ امّا این سخن به معنای تبدیل شدن به دیگری نیست.

من از عشقِ زمینی حرف می‌زنم که ارزشِ آن در «حضور» است نه در محو و نابودشدن یکی در دیگری.

عزیز من!

اگر زاویه‌ی دیدمان، نسبت به چیزی، یکی نیست، بگذار یکی نباشد. بگذار فرق داشته باشیم. بگذار، در عین وحدت، مستقل باشیم. بخواه که در عینِ یکی بودن، یکی نباشیم. بخواه که همدیگر را کامل کنیم نه ناپدید.

تو نباید سایه‌ی کمرنگ من باشی
من نباید سایه‌ی کمرنگِ تو باشم

این سخنی‌ست که در باب «دوستی» نیز گفته‌ام.

بگذار صبورانه و مهرمندانه در باب هر چیز که مورد اختلاف

ماست بحث کنیم؛ امّا نخواهیم که بحث، ما را به نقطه‌ی مطلقاً واحدی برساند.

بحث باید ما را به ادراک متقابل برساند نه فنای متقابل.

چه خاصیّت که من، با همه‌ی تفرّدم، نباشم، و تو باشی، یا به عکس، تو با همه‌ی تَفَرّدت نباشی و همه من باشم؟

اینجا سخن از رابطه‌ی عارف با خدای عارف درمیان نیست، سخن از ذرّه ذرّه‌ی واقعیّت‌ها و حقیقت‌های عینی و جاری زندگی‌ست.

من کامو را بر سارتر ترجیح می‌دهم، صادقی را بر ساعدی.

باخ را بر بتهوون ترجیح می‌دهم، عود را به جملگیِ سازها.

کوه را به دریا، دالی را به پیکاسو.

شاملو را، حتّیٰ به نیما.

تو امّا ساعدی را دوست‌تر داری و بالزاک را.

پیانو و سنتور را به عود ترجیح می‌دهی.

نه دالی را طالبی نه پیکاسو را. ون گوگ را به هر دو ترجیح می‌دهی.

شاملو را دوست داری، امّا هرگز نه به قدر سهراب سپهری.

دریا را دوست داری امّا نه دریایی را که باید حسرت‌زده به آن نگریست...

بیا درباره‌ی همه‌ی اینها به گفت و گو بنشینیم!

بیا بحث کنیم!
بیا معلوماتمان را تاخت بزنیم!
بیا کلنجار برویم!
امّا سرانجام، نخواهیم که غلبه کنیم
و این غلبه منجر به آن شود که تو نیز چون من بیندیشی یا به عکس.
مختصری نزدیک شدن بهتر از غرق شدن است.
تفاهم، بهتر از تسلیم شدن است.
تا زمانی که تو ساعدی را ترجیح می‌دهی، و سهراب را، درست تا آن زمان، ساعدی و سهرابْ مرا به تفکّر و شناخت، به زنده بودن و حرکت کردن وادار می‌کنند. اگر تو، همه من شوی، من و تو سهراب را کشته‌ییم، و ساعدی را، و بسیاری را...
عزیزمن!
بیا، حتّیٰ، اختلاف های اساسی و اصولی مان را، در بسیاری زمینه ها، تا آنجا که حس می‌کنیم دوگانگیْ شور و حال و زندگی می‌بخشد، نه پژمردگی و افسردگی و مرگ، حفظ کنیم.

من و تو، تو و من، حق داریم در برابر هم قد علم کنیم.
و حق داریم بسیاری از نظرات و عقاید همدیگر را نپذیریم
بی‌آنکه قصد تحقیر هم را داشته باشیم.

گمان می‌کنم این از جمله آخرین حقوقی‌ست که در جهان کنونی برای انسانها باقی مانده است: این حق که در خانه‌ی خود، در اتاق خود، و در خلوت خود، در باب بسیاری از مسائل، منجمله سیاست و آرمان های سیاسی، اختلاف نظر داشته باشند.

عزیز من!

دو نیمه، زمانی به راستی یکی می‌شوند و از دو «تنها» یک «جمع کامل» می‌سازند که بتوانند کمبودهای هم را جبران کنند، نه‌آنکه عینِ مطلقِ هم شوند، چیزی برهم مضاف نکنند و مسائل خاص و تازه‌یی را پیش نکشند...

پس، بانو!

بیا تصمیم بگیریم که هرگز عین هم نشویم.

بیا تصمیم بگیریم که حرکات‌مان، رفتارمان، حرف زدن‌مان، و سلیقه‌مان، کاملاً یکی نشود...

و فرصت بدهیم که خرده‌اختلاف ها، و حتّیٰ اختلاف های اساسی مان، باقی بماند.

و هرگز، اختلاف نظر را وسیله‌ی تهاجمْ قرار ندهیم...

عزیز من! بیا متفاوتْ باشیم!

نامه‌ی سی و پنجم

بانوی من!

در طول سالیانِ دراز زندگی مشترک، من به این باور ابتدایی دست یافته‌ام که این نَفْسِ اختلاف نظرها نیست که مشکل اساسی زنان و شوهران را می‌سازد؛ بل «شکل» مطرح کردن این اختلاف نظرهاست.

به اعتقاد من، از پیِ طهارت، زبان، برای نگه داشتن بُنیان خانواده به گونه‌یی آرمانی و مطلوب، محکم‌ترین ابزار است،

همچنان که برای ویران کردن آن، مخرب ترین سلاح.

تو خوب می‌دانی که من هرگز نمی‌گویم و نمی‌خواهم که زبان، چیزی سوای قلب را بگوید و انسانْ زبانِ بازاریِ ریاکارانه‌یی داشته باشد و از واژه‌ها همچون وسیله‌یی برای فریب دادن دیگران و رنگ کردن فضا استفاده کند... نه... امّا این واقعیتی‌ست که ما واژه‌های متعدّد، جمله‌های گوناگون، و روش‌های بیانی کاملاً متفاوتی برای یک مفهوم در اختیار داریم؛ و این نکته‌یی‌ست بسیار ساده که خیلی قدیمی‌ها نیز آن را به‌خوبی می‌دانسته‌اند. بسیار خوب! پس اگر زنان و شوهران، به راستی، میل به بقای زندگی مشترک خود دارند، چرا نمی‌آیند، به هنگام برخوردهای روزمره، خوب‌ترین، نرم‌ترین، مهرمندانه‌ترین، شیرین‌ترین، بی کُنج و لبه‌ترین، صریح و ساده‌ترین واژه‌ها، جمله‌ها و روش‌ها را انتخاب کنند و به کار گیرند؟ زبانی خالی از بُرّندگی، گزندگی، سوزندگی، آزارندگی و درندگی را...

همه می‌دانند که من زبان تلخی دارم؛ زبانی که گویی برای زخمْ زدن ساخته شده است. به همین دلیلْ بسیار پیش آمده است که حس کرده‌ام آنچه تو را ناگهان افسرده کرده است، نه گلایه‌ی من، که کنایه‌ی من بوده است، و کارکردِ این زبانی که دوره‌های سخت کودکی و نوجوانی، گوشه‌دار و تیز

و بُرّنده اش کرده است.
هرگز نباید تکرار شود؛ هرگز.
زبان پُر خباثت را تنها باید برای دشمن خبیث به کار گرفت، و این بسیار ابلهانه است که ما گهگاه، گمان بریم که در خانه‌ی خود و در اتاق خود، زیر یک سقف، با دشمنی بدنهاد زندگی می‌کنیم. من اعتقاد راسخ دارم که در چنین حالی، زندگی نکردن، به مراتب شرافتمندانه‌تر، انسانی‌تر، و جوانمردانه‌تر از زیستنی‌ست توأم باضربه و زخم.
بانوی بزرگوار من!
بیرحمی... بیرحمی... این تنها عاملی‌ست که زندگی مشترک را، به آسانی، به جهنّم تبدیل می‌کند.
سخت‌ترین انتقادها اگر با شقاوتْ همراه نباشد، آنطور نمی‌کوبد که مرمّت ناپذیر باشد.
زمانی که عدالتِ در بیانِ حقیقتْ از میان می‌رود، حقیقتْ از میان می‌رود.
من، بارها و بارها، به ناگهان احساس کرده‌ام که آنچه می‌گویم و می‌گویی، کاملاً درست و پذیرفتنی‌ست؛ امّا این **شکل** گفتن است که درستیِ اصل را به مخاطره می‌اندازد و ناپذیرفتنی جلوه می‌دهد.
ما باید برای پایدار نگه‌داشتنِ خلوص و شفافیتِ زندگیِ

بی‌نظیرمان، بیرحمانه تاختن را، تا دم مرگ، از یاد ببریم.

ما باید در جمیع لحظه‌های خشم و افسردگی به خود بگوییم:
بدون زهر... بدون زهر... چرا که هیچ چیز همچون زهر کلام،
زندگی مشترک را سرشار از بیزاری نمی‌کند...

بانوی من!

اینک، مهرمندانه‌ترین و پَرگونه‌ترین کلامم، پیشکش به تو...

...

نامه‌ی سی و ششم

یادْبانِ روزهای خوب!

آیا آن گلدان کوچکِ سفال لعاب‌خورده‌ی آبی که از لالجین خریدیم ــ و چه سفری بود واقعاً ــ و آن گل بسیار نادرِ پُر خاری که من از آن سوی قلّه‌ی توچال برایت آورده بودم و شباهت‌هایی به خود من داشت ــ با آن زخم زبانهایی که گهگاه می‌زنم ــ به یادت هست؟
گلدان، یک روز، به‌ناگهان شکست

و گلها که خشک خشک شده بودند، مثل غُبارْ پراکنده شدند و از میان رفتند.
چه عیب دارد؟
مگر خاطره‌ی یک گلدانِ سفال آبی لالجین با گُلی نادر و پُر خار، به قدر خود آن گل و گلدان، دوست داشتنی نیست؟
تازه، گمان می‌کنم که گُلِ خاطره، خار هم ندارد، همانگونه که گلدانِ خاطره، ناشکستنی‌ست.
عزیز من!
بیا خاطرات مشترکمان را هرگز به دست باد نسپریم!

نامه‌ی سی و هفتم

ای عزیز!

انسان، آهسته آهسته عقب نشینی می‌کند.
هیچکس یکباره معتاد نمی‌شود
یکباره سقوط نمی‌کند
یکباره وا نمی‌دهد
یکباره خسته نمی‌شود، رنگ عوض نمی‌کند، تبدیل نمی‌شود و
از دست نمی‌رود.

زندگی بسیار آهسته از شکل می‌افتد
و تکرار و خستگی، بسیار موذیانه و پاورچینْ رخنه می‌کند.
باید بسیار هشیار باشیم و نخستین تلنگرها را، به هنگام و حتّیٰ
قبل از آنکه ضربه فرود آید، احساس کنیم.
هرگز نباید آن روزی برسد که ما صبحی را با سلامی مُحبّانه
آغاز نکنیم.
خستگی نباید بهانه‌یی شود برای آنکه کاری را که درست
می‌دانیم، رها کنیم و انجامش را مختصری به تعویق اندازیم.
قدم اوّل را، اگر به سوی حذف چیزهای خوب برداریم، شک
مکن که قدمهای بعدی را شتابان برخواهیم داشت.
ما باید تا آخرین روز زندگی‌مان ـــ که اینگونه به دشواری بر پا
نگهش داشته‌ییم ـــ تازه بمانیم.
به خدا قسم که این حقّ ماست.

نامه‌ی سی و هشتم

بانو!

خوشبختی را در چنان هاله‌یی از رمز و راز فرو نبریم که خود، درمانده از شناختنش شویم. خوشبختی را تابع لوازم و شرایطِ بسیار دشوار و اصول و قوانین پیچیده‌ی ادراک ناپذیر ندانیم تا چیزی ممکن الوصول به ناممکنِ ابدی تبدیل شود.
خوشبختی را چنان تعریف نکنیم که گویی سیمرغی باید تا آن را از قُلّه‌ی قافی بیاورد.

خوشبختی، عطر مختصر تفاهم است که اینک در سرای تو
پیچیده
و عطری‌ست باقی که از آغاز تا پایان این راه، همیشه می‌توان
بوییدش.

مادربزرگی داشتم که برای دیدار حضرت خضر، برنامه‌یی چهل روزه داشت. چهل روز، تاریک روشنِ سحر، بعد از نماز، خود را صفا می‌داد، جلوی خانه را آب و جارو می‌کرد، قدری گُلاب به فضا می‌بخشید، و روز چهلم به انتظار می‌نشست. نخستین پیرمردی که می‌گذشت، برای مادر بزرگ، حضرت خضر بود. مادر بزرگ از او چیز زیادی نمی‌خواست، چیز تازه‌یی نمی‌خواست، توقعی نداشت، و از روزگار با او به شکایتْ سخن نمی‌گفت. مادر بزرگ، فقط، زیرلب می‌گفت:
ای حضرت! سلامت و شادی را در خانه‌ی ما حفاظت کُن!

مادربزرگ، غیرممکن را با مهربانی و خلوصش نه‌تنها ممکن بَل بسیار آسان کرده بود. من، بعدها که جوان شدم و مادربزرگْ دیگر وجود نداشت، تنها با یادآوری آن بوی گُلابِ سحرگاهی و آن عطرِ خاکِ آب‌خورده، خوشبختی را در حجمی بسیار عظیم احساس می‌کردم، می‌لرزیدم، و به یاد می‌آوردم که مادربزرگ، با کمکِ حضرت خضر، چقدر خوب می‌توانست شادی را به خانه‌ی ما بیاورد و در خانه‌ی ما نگه‌دارد.

خوشبختی را ساده بگیریم ای دوست، ساده بگیریم.
خوشبختی را، تنها به مدد طهارتِ جسم و روح، در خانه‌ی
کوچک‌مان نگه‌داریم.

نامه‌ی سی‌ونهم

عزیز من!

امروز، باز، به دامِ گذشته‌ها افتادم، و دیدم که هیچ چیز، به راستی که هیچ چیز از نخستین یازده فروردینِ ما کاسته نشده، بلکه همه چیز ژرف‌تر و زیباتر شده است. زمان، تو را برای من بیرنگ و کهنه نکرده سهل است به جستجو و شناختِ دنیایی که هرگز نمی‌شناختم نیز وادار کرده است.

من تو را هرگز نه همچون یک شیء، بل چنان مجهولِ محبوبی

دیدم که می‌بایست با رخنه به درون روح او از غوغای غریب وجودش خبری با خود بیاورم.
به خاطر داری که روزگاری می‌گفتم: «زمان، زنان و شوهران خوب را برای هم عتیقه می‌کند و بر ارزش و اعتبار آنها ــ برای هم ــ می‌افزاید». امروز، این نظر را پس می‌گیرم و می‌گویم: دوست داشتن، هیچگاه عتیقه نمی‌شود. زنان و شوهرانِ خوب، هر لحظه برای هم تازه و تازه‌تر می‌شوند؛ و دوستی شان، و عشق شان، ابعاد گسترده‌تری پیدا می‌کند.
ای عزیز!
می‌بینی که موهایم سفید می‌شود. می‌بینی که جَوانی را از دست می‌دهم. می‌بینی که فرزندان ما چون درختانِ معجزه قَد می‌کشند، و می‌بینی که نزدیک‌ترین دوستان من ــ دوستانِ ما ــ راهیِ سفر به بیکرانه ها می‌شوند. تحت چنین شرایطی‌ست که ما بیشتر از همیشه به هم نیازمند می‌شویم، و تکمیل کننده‌ی هم، تکیه‌گاه هم، دادرس هم، اعتراف نیوش هم، مُحّب هم، راهنمای هم، راه گُشای هم، همسفر هم، دردشناس هم و غمگسار هم. پس چگونه ممکن است این سیر تکامل ــ که در بسیاری از لحظه‌ها با اندوهی عمیق توأم است ــ با کهنگی و بیرنگی قرینْ باشد؟
نه... این ممکن نیست، و اگر ممکن باشد هم این امکان جُز

سقوط و تاریکیْ چیزی را در درون خود نمی‌پرورد و به بازْ نمی‌نشاند.
عزیز من!
امروز، باز، به دام گذشته‌ها افتادم ـــ که به حق، چه اسارتِ گذرای شیرینی‌ست ـــ و دیدم روح تو، معنای تو، و اندیشه‌های تو، برای من بسیار تازه‌تر از گذشته‌هاست، و تازه‌تر نیز خواهد شد.
این سخن را به خاطر داشته باش: اگرچه درست است و منطقی که ما حق نداریم نسبت به هم خشمگین شویم؛ امّا از آنجا که گهگاه، تحت شرایطی که به انسان تحمیل می‌شود، نگهداشتِ خشمی آنی و فورانی از اختیار انسان بیرون است ـــ و بَدا به حال انسان ـــ هرگز نباید و حق نیست که لحظه‌های نادرِ خشم را، لحظه‌های قضاوتْ تلقّی کنیم و آنچه در این لحظه‌های نفرین شده‌ی شرم‌آور برزبان می‌آید معیار و مدرکْ قرار بگیرد.
لحظه‌های خشم، لحظه‌های قضاوت نیست، و انسان، بدونِ خشمی گهگاهی، انسان نیست، گرچه در لحظه‌های خشم نیز.
اینک ای عزیز!
آرزو می‌کنم که درکنار تو فرصتِ آن را پیدا کنم که این کوه

معایب و نقائص و ضعف‌های خود را از میان بردارم و به چنان موجودی تبدیل شوم که به واقع مایه‌ی سربلندی تو باشد، و بنویسند و بارها بنویسند که او، در پناه همسرش بود که توانست به چنان قُلّه‌هایی دست یابد. و اگر چنین نشد نیز، باز، تو برای من همانی که گفته‌ام: خوب و کامل کننده، پایگاه و تکیه گاه. یک سرود خوش از اعماق.

چهلمین نامه

بانوی من!

یک روز عاقبت قلبت را خواهم شکست ــ یک روز عاقبت.
نه با سفری یک روزه
نه با سفری بلند
بَل با آخرین سفر
یک روز عاقبت قلبت را خواهم شکست ــ یک روز عاقبت.
نه با کلامی کم‌توشه از مهربانی

نه با سخنی سختْ توبیخ کننده
بَل با آخرین کلام.
یک روز عاقبت قلبت را خواهم شکست ــ یک روز عاقبت.
تو باید بدانی عزیز من
باید بدانی که دیر یا زود ــ امّا، دیگر نه چندان دیر ــ قلبت را خواهم شکست؛ و کاری جز این هم نمی‌توان کرد. امّا اینک، علیرغم این شکستنِ محتومِ قریب الوقوع ــ که می‌دانم همچون درهم شکستنِ چلچراغی بسیار ظریف و عظیم، فرو ریخته از سقفی بسیار رفیعْ خواهد بود ــ آنچه از تو می‌خواهم ــ و بسیاری از یاران، از یارانشان خواسته‌اند ــ این است که دل بر مُرده‌ام نسوزانی، اشک بر گورم نریزی، و خود را یکسره به اندوهی گران و ویرانگر وانسپاری...
این است تمام آنچه که آمرانه، همسرانه، رفیقانه و ملتمسانه از تو می‌خواهم؛ تو که در سفری چنین پُر مخاطره خالق جمیع خاطره هایم بوده یی.
می‌دانی که من و تو همانقدر که با این خواهش بزرگ آشنا هستیم، پاسخ هایی را که به این خواسته داده می‌شود نیز می‌شناسیم.
و من، علیرغم منطقی بودن همه‌ی پاسخها، و علیرغم جمیع مشاهدات و تجربه ها، برسر این خواسته همچنان پای

می‌فشارم، و می‌خواهم به من اطمینان بدهی که در یک لحظه‌ی عظیم و بازنیامدنی، فراسوی همه‌ی منطق‌های مستعملْ قرار خواهی گرفت ــ با تجربه‌یی نو؛ و تابع پُرشورِ چیزی خواهی شد که حتّی می‌تواند قوی‌ترین منطق‌ها را به آسانی خُرد کند و درهم بکوبد.

عزیز من!

بگذارِ آسوده خاطر و بی‌دغدغه بمیرم. بگذار تجسمی از آن روز داشته باشم که دلم را به تابستان بیاورد. بگذار شادمانه بمیرم. و شادمانه مُردنْ ممکن نیست مگر آنکه یقین بدانم تو می‌دانی که براین مُرده حتی قطره‌یی نباید گریست. در یادداشت‌هایی که برایت گذاشته‌ام و می‌توانی آنها را چیزی همچون یک وصیّت‌نامه‌ی بازیگوشانه تلقّی کنی، به کرّاتْ گفته‌ام که از نظر شخصی و فردی، هر روز که بروم، بی‌آرزو رفته‌ام؛ چرا که سالهاست به همه‌ی خرده‌آرزوهای شخصی و فردی‌ام دست یافته‌ام. مطلقاً بی‌توقّع‌ام، ابداً تشنه نیستم، و چشم‌هایم به دنبال هیچ، هیچ، هیچ چیز نیست؛ امّا از نظر سیاسی، اجتماعی و ملّی، طبیعی‌ست که در آرزوی ژرفِ روزگارِ بسیار بهتری برای ملتم و ملّت‌های سراسر جهان باشم، و این نیز آرزو یا آرمانی نیست که در جایی به انتهایی برسد. یک ملّت همیشه می‌تواند خوشبخت‌تر از آنچه هست باشد؛ امّا برای فرد،

خوشبختی، حدّ و حسابی دارد، بدیهی ست که دلیل مسأله این است که انسان، در تفرّدش، در واحد محدود و کوچکی از زمانْ زیست می‌کند و آرزوهای فردی‌اش در محدوده‌ی همین زمانْ شکل می‌گیرد، حال آنکه ملتها در بی‌نهایتِ زمان جاری هستند، و جهانِ نوشونده هردم می‌تواند خالق آرزوها و آرمان‌های نو باشد.

محبوب من!

چگونه از تو بخواهم که برایم گریه نکنی؟ چگونه از تو بخواهم؟

می‌دانم که به هر حال، یک روز، قلبت را خواهم شکست — یک روز، به هر حال.

امّا چگونه به تو بگویم که به حال بسیاری از ظاهراً زندگان می‌توانی زارزار گریه کنی امّا نه به حالِ مُرده‌یی چون من، به حالِ ماندگان، نه به حال رفته‌یی چون من.

مگر انسان از یک مهمانیِ دو روزه چه می‌خواهد؟

مگر انسان در عبور از کنار کوهستانهای جنگلیِ رفیع، و دشتهای سبزِ وسیع، چه توقّعی دارد؟

مگر انسان از یک بهار، یک تابستان، یک پاییز، و یک زمستان، چیزی بیشتر از چارفصلِ دلنشینِ پُرخاطره‌ی خوش‌خاطره آرزو دارد؟

مگر انسان از قدم‌زدنی کوتاه در زیر آسمانی اردیبهشتی، چه انتظاری دارد؟ بانوی بالا منزلت من!

در این دادگاهْ به صراحتْ گواهی بده تا مطمئن شوم که می‌دانی گرسنه از سر این سفره برنخاسته‌ام و آرزو بر دلْ بار نبسته‌ام...

مگر من سرزمینی را که عاشقِ عاشقِ عاشقش بودم، وجب به وجب نگشتم و با مردمی که دیوانه‌وش دوستشان می‌داشتم، ساعت‌ها به گپْ‌زدن ننشستم؟

مگر در این روستا از رودخانه ماهی نگرفتم؟

و در آن، زیر سایه‌ی یک درخت پیر ننشستم و از قمقمه‌ام آب خنک ننوشیدم؟

مگر برفراز بلندترین قله‌های میهنم، با تنی کوفته از خستگی و دلی سرشار از نشاط نایستادم، نخندیدم، و فریادِ شادی برنکشیدم؟

(عزیز من! به عکس‌ها نگاه کُن! این عکس، مرا بر قلّه‌ی دماوند نشان می‌دهد. مربوط به دومین صعود است. چه تفاخُری! یادت هست که در پنجاه سالگی برای سومّین‌بار به قلّه‌ی دماوَند دست یافتم ــ بعد از آن حمله‌ی قلبیِ «بسیار خطرناک»، و بعد از آنکه پزشکانِ

خوب، خیلی محکم و جدّی گفتند: «پس از این، هیچ صعودی ممکن نیست»؟ در همان روزگار نوشته‌ام: دیگر هیچ آرزویی ندارم. در شصت سالگی، اگر بتوانم بازهم چند قلّه را در منطقه‌ی آذربایجان صعود کنم، البته خیلی خوب است؛ و اگر نشد و نبودیم هم مسأله‌یی نیست. در جوانی این کار را کرده‌ییم...)

مگر روزهای پیاپی، در کلبه‌های کویری، گیوه از پای درنیاوردم و برسر سفره‌ی سرشار از سخاوتِ کویریان ننشستم؟

مگر شبهای بسیار، تا سحر، کنار دریای مازندران، زیر سیلابِ خوش صدای باران، زانوانم را بغل نکردم و به حباب‌های فسفری نگاه نکردم و لبریز از حسّی غریب نگشتم؟

مگر، هرگاه که می‌خواستم، تن به دریای شمال نسپردم و ساعتها در آن غوطه نخوردم؟

مگر بر آبهای سنگین و رنگارنگ دریاچه‌ی ارومیه قایق نراندم و در جزایر متروکش به دنبال صیدِ تصویریِ جانوران، در یک قدمیِ لَمِشگاه آنها، در گوشه‌یی خِف نکردم؟

مگر جنگلهای شمال را، روزها و روزها، با کوله‌باری سبک نپیمودم و به صدای جادویی جنگلهای سرزمینم گوش نسپردم؟

مگر سراسر خطه‌ی شمال را پای پیاده نگشتم و با آوازهای دوردست گیلکی، روح را تغذیه نکردم؟

مگر تمامیِ ساحلِ مُقدسِ جنوب سرزمینم را، در کنار یک دوست، ماجراجویانه و دیوانه‌وار طی نکردم؟

مگر در سنگرهای خوب‌ترین فرزندان وطنم چای نخوردم و عظمتِ بی‌کرانه‌ی ارواح عطرآگین آن دلاوران را احساس نکردم؟

مگر گلهای وحشی ایران را به تصویر نکشیدم؟ از صدها پروانه عکس نگرفتم؟

و به دنبال بهترین زاویه برای ضبط تصویری از یک امامزاده‌ی پرت افتاده نگشتم؟

مگر در پناه تو، سالیان سال، قلم در خون ایمان خویش فرو نبردم و هزاران برگ کاغذ را آنگونه که خود می‌خواستم و باور داشتم، سیاه نکردم؟

من در این پنجاه سال، به همت تو، بیش از هزار سال زندگی کرده‌ام ...

آیا باز هم حقّ است که کسی بر مرده‌ام بگرید؟

و تو... به خصوص تو، که این همه امکانات را به من بخشیدی

حق است که با یاد من، اشک به چشمان خویش بیاوری؟

انصاف باید داشت.
انصاف باید داشت.
من، به مراتبْ بیش از شایستگی ام، شیره‌ی زندگی را مکیده‌ام، و اینک، هرچه فکر می‌کنم، می‌بینم که جُز شادی و آسودگیِ خاطرت، چیزی نمانده است که بخواهم، و این نامه، صرفاً به همین دلیل نوشته شده است.
بگذار یک لحظه پیرانه سخن بگویم: بچه‌هایمان خیلی خوب هستند؛ به خصوص که در حدّ ممکنْ آزادانه رُشد کرده‌اند — و دُرُست. من هرگز آرزویی جز این نداشته‌ام که آنها با هنر آشنا باشند؛ یعنی با عُصاره‌ی اندوه و عصاره‌ی شادی. غم، با چگالی بسیار بالا، شادی با غلظتی غریب: هنر همین است: موسیقی، نقّاشی، ادبیّات... و بچه‌های ما، در سایه‌ی تو، با همه‌ی اینها، آنقدر که باید آشنا شده‌اند.
کسی که سهراب را دوست داشته باشد، شاملو را احساس کند، فروغ را بستاید، و هر شعر خوب را آیه‌یی زمینی بپندارد، چنین کسی، به درستی زندگی خواهد کرد...
کسی که به کیا رستمی شگفت‌زده نگاه کند، به زرین کلک با نهایت احترام، به صادقی با محبّت، و آثار مخملباف را دوست داشته باشد، چنین کسی به درستی زندگی خواهد کرد...

کسی که در برابر باخ، بتهوون، و موتزارت، فروتنانه سکوت اختیار کند، به تارِ جلیل شهناز، عود نریمان، آواز شجریان و ترانه‌ی «اندک اندک» شهرام ناظری عاشقانه گوش بسپارد، چنین کسی به درستی زندگی خواهد کرد...

کسی که مولوی را قدری بشناسد، حافظ را قدری بخواند، خیّام را گهگاه زیرلب زمزمه کند، و تک بیت های ناب صائب را دوست بدارد، چنین کسی به درستی زندگی خواهد کرد...

کسی که زیبایی نستعلیق و شکسته، اندوه مناجات سحری در ماه رمضان، عظمتِ خوف انگیزِ کاشیکاری های اصفهان، و اوج زیبایی طبیعت را در رودبارک احساس کرده باشد، چنین کسی به درستی زندگی خواهد کرد...

شاید سخت، شاید دردمندانه، شاید در فشار؛ امّا بدون شک به درستی زندگی خواهد کرد...

عزیز من!

می‌بینی که ازبابت **بچّه ها هم** تقریباً هیچ نگرانی و رؤیای خاص ندارم.

رایکا، این گُل کوچک، حتّی اگر یتیم بشود، یتیم خوبی خواهد شد.

پس، باز می‌گردیم به تنها خواهش، آن خواهش بزرگ: با جهان، شادمانه وداع می‌کنم، با منْ عزادارانه وداع مکن!

و هرگز نیم‌نگاهی هم به جانب آنها که بر مزار من زار می‌زنند
و شیون می‌کنند، نینداز.
آنها مرا نمی‌شناسند و هرگز نمی‌شناخته‌اند.
در حقیقت، جُز تو هیچکس مرا چنان که باید نشناخته است و
نخواهد شناخت:
سراپا عیب بودنم را
کم و کوچک بودنم را
و همچون شبنمی از خوبی بر بوته‌ی بزرگِ گَزَنه بودنم را.
انصاف باید داشت عزیز من، انصاف باید داشت.
در زمانه‌ی ما و در شرایط ما، از این بهتر زیستن، برای
کسی چون من، ممکن نبوده است. برای آنکه همیشه بر سر
اندیشه‌یی پای می‌فشرَد، البته در طول عمرْ دردهایی هست، و
غم‌هایی، و اشک‌هایی، و بیکارماندن‌هایی، و
زخم خوردن‌هایی، و گریه‌هایی از اعماق؛ و نگو که چگونه
می‌توانم اینگونه زیستن را خوب و شاید خوبترین نوع زیستن
بنامم.
تو خوب می‌دانی... سنگین‌ترین دردها، چون از صافیِ زمان
بگذرند به چیزی توصیف‌ناپذیر امّا مطبوعْ تبدیل می‌شوند، و
جملگی تلخی‌ها به چیزی که طعمی بسیار خاص امّا به
هرحال شیرین دارند...

بسیار خوب! همه‌ی اینها را گفتم، بانوی بالا منزلت من، فقط به خاطر آنکه از رفتنم متأسف نباشی، و گمان نبری که چیزی را فراموش کرده‌ام با خودم ببرم، و حسرتی به دلم مانده است، و خواسته‌یی داشته‌ام که برآورده نشده. نه... به خدا نه... آنقدر آسوده خاطرم که باور نمی‌کنی، و راضی، و سبکْ بار، و بیخیال... قسم می‌خورم؛ به هر آنچه مقدس است نزد من، و نزد من و تو، به خاک وطن قسم ــ آیا کافی‌ست؟ ــ که اگر فرصتی باشد، در آستانه‌ی آخرین سفر، چنان خواهم خندید که پژواک آن شیشه‌های بسیار ضخیم و تیره‌ی دلمردگی و ناامیدی را یکباره فرو بریزد...

ای کاش به آنجا رسیده باشم که رهگذران، بر سنگ گورم، شاخه گُلی بگذارند و از کنارم همچنان که زیرلبْ به شادی آواز می‌خوانند بگذرند؛ و این نیز آرزویی شخصی نیست. این «ای کاش» را برای همه‌ی مسافران این سفرِ محتوم می‌خواهم...

حالیا، بانوی من!

به آغاز سخن بازمی‌گردم: یک روز عاقبت قلبت را خواهم شکست ــ یک روز عاقبت. با آخرین کلام. با آخرین سفر.

امّا آمرانه ملتمسانه از تو می‌خواهم که در آن روز، همه‌ی آنچه را که در این عریضه به حضورت معروض داشته‌ام به خاطر

بیاوری ــ کلمه به کلمه، جمله به‌جمله ــ و نه به ظاهر بَل در باطن نیز بر افسردگی خویشْ صادقانه غلبه کنی.
به یاد داشته باش که از تو بغض کردن و خودْخوردن و غم فرودادن و در خلوتْ گریستن و در جمعْ لبخندزدن نمی‌خواهم.
این سفر را باورداشتن و برای راهیِ شاد و راضیِ این سفر، دستی شادمانه تکان دادن می‌خواهم.
بگو: آیا این درست است که ما به خاطر کسی شیون کنیم، برسر بکوبیم، جامه‌ی عزا بپوشیم، ماتم بگیریم و به ختم بنشینیم که از ما جُز خنده بر رفته‌ی خویش را توقّع نداشته است؟

•

اینک احساس و اقرار می‌کنم که آرزویی مانده است ــ آرزویی برآورده نشده؛ و آن این است که تو را از پی مرگم اشک ریزان و نالان و فریادزنان و نفرین کنان نبینم، همچنان که فرزندانم را، دوستانم را، یاران و هم اندیشانم را...